AF359272

# CATALOGUE DE LIVRES D'OCCASION

## ANCIENS ET MODERNES

### EN TOUS GENRES

ET

## OUVRAGES RÉCEMMENT PARUS

### EN VENTE A LA LIBRAIRIE

# ERNEST FLAMMARION & A. VAILLANT

### Galeries de l'Odéon, 1 à 9, et 4, rue Rotrou

*A partir de 25 fr., tous les envois sont adressés franco dans toute la France.*

*Nous avons à la disposition de notre clientèle un grand assortiment de Livres français et étrangers, Musique, Papeterie, Maroquinerie, Articles de dessin et de bureau, et nous nous chargeons de procurer tous les ouvrages des éditeurs parisiens* **avec des remises importantes,** *ainsi que tous les articles dont nos clients pourraient avoir besoin.*

## ACHAT DE BIBLIOTHÈQUES

### NOTRE CATALOGUE SERA ENVOYÉ FRANCO A TOUTE PERSONNE NOUS EN FAISANT LA DEMANDE

## OUVRAGES RÉCEMMENT PARUS

AICARD (Jean). **L'Été à l'ombre**. 1 vol. in-18, 3 fr. 50, net . . . . . . . . . . 2 fr. 75

Sous ce titre, M. Jean Aicard a réuni un certain nombre de nouvelles charmantes à lire et parmi lesquelles j'ai remarqué : *Mensonge de chien*, une exquise historiette dont le but est de prouver que si les animaux ont des qualités que ne possèdent pas les humains, ils leur empruntent parfois quelques-uns de leurs défauts. On se demandera ce que peut bien être le mensonge d'un chien, je me garderai bien de le dire, renvoyant le lecteur au plaisir de l'apprendre dans le livre de Jean Aicard.

ALLAIS (Alphonse). **Deux et deux font cinq**. 1 vol. in-18, 3 fr. 50, net. 2 fr. 75

**Annuaire** des Châteaux et des Départements, édition de 1895-1896. 1 vol. illust. 25 fr., net . . . . . . . . . . . . . . . 22 fr. »

**Annuaire** des eaux minérales de la France et de l'étranger pour 1895. 1 vol. in-16, 1 fr. 50, net . . . . . . . . . . . . . 1 fr. 35

**Album** pour rire en chemin de fer, contenant 200 dessins humoristiques de Heidbrinck, Jeanniot, Willette, Fernand Fau, etc., 0 fr., 75, net . . . . . . . . . . . . . . . 0 fr. 65

BARDE (André). **Chansons cruelles,** chansons douces, musique de N. Legay, préface de J. Richepin. 1 vol. in-8°, 3 fr. 50, net. 2 fr. 75

BARRACAND (Léon). **L'Adoration**. 1 vol. in-18, 3 fr. 50, net . . . . . . . 2 fr. 75

BAZIN (Réné). **Terre d'Espagne**. 1 vol. gr. in-18, 3 fr. 50, net . . . . . 2 fr. 75

BEAUME (Charles). **Corbeille d'or**. 1 vol. in-18, 3 fr. 50, net . . . . . . . 2 fr. 75

BEKSICS (Gustave). **La Question roumaine** et la lutte des races en Orient. 1 vol. in-18. 3 fr. 50, net . . . . . . . . . 2 fr. 75

BERR DE TURIQUE (Julien). **Madame et Monsieur**. 1 vol. in-18, 3 fr. 50, net . . . . . . . . . . . . . . . 2 fr. 75

BOILLEY (Paul). **Les trois socialismes** : anarchisme, collectivisme, réformisme. 1 vol. in-12, 3 fr. 50, net . . . . . . 2 fr. 75

**Bon Journal** (Le). Tome XX, 1er semestre 1895. 1 vol. gr. in-8°, 6 fr., net 5 fr. 25

BORDEU (Charles de). **Le Destin d'aimer**, roman. 1 vol. in-18, 3 fr. 50, net 2 fr. 75

BOURGET (Paul). **Discours** de réception à l'Académie française. 1 vol. in-18, 1 franc, net . . . . . . . . . . . . . . . 0 fr. 90

BOURRIENNE. **Mémoires**. Tome II. Napoléon, le Directoire, le Consulat, l'Empire et la Restauration. 1 vol. in-18, 3 fr. 50, net . . . . . . . . . . . . . . . 2 fr. 75

BRADA. **Jeunes madames**, préface de A. France. 1 vol. in-18, 3 fr. 50, net. 2 fr. 75

CABART-DANNEVILLE. **La défense de nos côtes**. 1 vol. in-16, 3 fr. 50, net. . . . . . . . . . . . . . . . . . . 2 fr. 75

CAHU (Théodore). **Vingt jours de Paris à Constantinople**, collection des Guides, album du touriste. 5 francs, net. . . . . . . . . . . . . . . . . . 4 fr. 50

CASE (J.). **La Volonté du bonheur.** Illustration de A. Brouillet, collection Ollendorff. 1 vol., 2 fr., net . . . . . . . . 1 fr. 75

CHAMPSAUR (Félicien). **Marquisette**, roman, avec deux aquarelles de Robaudi. 1 vol. gr. in-18, 3 fr. 50, net. . . . . . . . 2 fr. 75

CHENEVIÈRE (A.). **Quatre femmes.** 1 vol. in-18, 3 fr. 50, net. . . . . . . 2 fr. 75

COCHIN (Denys). **Le Monde extérieur**. 1 vol. in-8°, 7 fr. 50, net. . 6 fr. 50

COLIN et SUAU. **Madagascar** et la Mission catholique. 1 volume in-8°, 4 francs, net. . . . . . . . . . . . . . . . . . 3 fr. 50

CONSTANT DE TOURS. Guides albums du touriste. **Vingt jours en Belgique**, 200 dessins d'après nature. Cartonné, 5 francs, net. . . . . . . . . . . . . . . . . . 4 fr. 50

COURTELINE (G.). **Messieurs les Ronds-de-Cuir**. 1 vol. in-12, 3 fr. 50, net. . . . . . . . . . . . . . . . . . 2 fr. 75

Rien de plus fantaisiste et de plus curieusement observé que *Messieurs les Ronds-de-Cuir*, le volume de Georges Courteline, illustré par L. Bombled, dont l'éditeur vient de publier le dixième mille. Recommandons tout spécialement aux amateurs de littérature gaie ces tableaux, si vivants et si comiques, de la vie de bureau.

D'ALBÉCA (Alexandre). **La France au Dahomey**. 1 vol. in-4°, 20 fr., net. 17 fr. 50

DARIÈS (G.). **Cubature des terrasses et mouvement des terres.** 1 vol. pet. in-8°, collection des aide-mémoire, broché, 2 fr. 50, net . . . . . . . . 2 fr. 25
Cartonné, 3 fr., net. . . . . . . . . 2 fr. 50

DARMESTETER (James). **Critique et Politique**, préface de Mary Darmesteter. 1 vol. in-18, 3 fr. 50, net. . . . . . 2 fr. 75

D'ARTOIS (Armand). **Le sergent Balthazar**, préface de Alexandre Dumas fils. 1 vol. in-18, 3 fr. 50, net. . . . . . . 2 fr. 75

DAUDET (Ernest). **Don Raphaël**, aventures espagnoles (1807-1808), roman. 1 vol. in-18, 3 fr. 50, net. . . . . . . . . . . . 2 fr. 75

— **La Police et les Chouans** sous le Consulat et l'Empire. 1 vol. in-18, 3 fr. 50, net. . . . . . . . . . . . . . . . . . 2 fr. 75

DORCHAIN (Auguste). **Œuvres. La Jeunesse pensive vers la lumière.** 1 vol. in-12, petite bibliothèque littéraire, 6 fr. net. . . . . . . . . . . . . . . . . . 5 fr. 25

DORNIS (Jean). **Leconte de Lisle intime**. 1 vol. in-8°, avec deux portraits, 2 fr., net. . . . . . . . . . . . . . . . . . 1 fr. 75

DOSTOIEVSKY (Th.). **Le Rêve de l'Oncle**, trad. par Halperine-Kaminsky. 1 vol. in-18, 3 fr. 50, net. . . . . . . . . . . . 2 fr. 75

DOUAY (Maurice) :
**Vercingétorix**. 1 fr., net. . . 0 fr. 90
**Turenne**. 50 c., net. . . . . . 0 fr. 45
**Jeanne d'Arc**. 1 fr., net. . . 0 fr. 90
Trilogies épiques, couronnées, premier prix de la Société d'encouragement au bien, interprétées par A. Lambert père et fils et J. d'Arc, par Mⁿᵉ Sarah Bernhardt.
L'éloge de ces poèmes patriotiques n'est plus à faire : tout récemment la presse parisienne disait encore à l'occasion de **Jeanne d'Arc**, rehaussée par l'interprétation superbe de Mᵐᵉ Sarah Bernhardt, que, en dehors de la haute valeur littéraire de l'œuvre, M. Maurice Douay possède le talent de communiquer l'émotion et l'enthousiasme dont il est pénétré.

DRAULT (Jean). **Le Député-Soldat**, caricatures de Tiret-Bognet. 1 vol. in-18, 2 fr., net. . . . . . . . . . . . . . . . . . 1 fr. 75

DUBERGÉ. **Le Paludisme**, sa prophylaxie et son traitement. 1 vol. in-8°, 7 fr. 50, net. . . . . . . . . . . . . . . . . . 6 fr. 50

DUBUT DE LAFOREST. **Le Cocu imaginaire**. 1 vol. in-18, illustré par F. Besnier, 3 fr. 50, net. . . . . . . . . . . . 2 fr. 75

**Epidaure**, restauration et description, les principaux monuments du sanctuaire d'Asclépios, relevées et restaurations, par Alph. Defrasse, texte par Henri Lechat. 1 beau volume in-4° colombier, cart., 100 fr., net. . 88 fr. »

ERCKMANN (Emile). **Alsaciens et Vosgiens d'autrefois**. 1 vol. in-18, 3 fr., net. . . . . . . . . . . . . . . . . . 2 fr. 50

ESTAUNIÉ (Edouard). **L'Empreinte**, roman. 1 vol. in-16, 3 fr. 50, net . . . 2 fr. 75

FAURE (Sébastien). **La Douleur universelle.** 1 vol. in-12, 3 fr. 50, net. 2 fr. 75

FLAGY. **La Reine Nadège**. 1 vol. in-18, 3 fr. 50, net. . . . . . . . . . . 2 fr. 75

FRANCE D'HEZÉCQUES (Comte de). **Souvenirs d'un page de la cour de Louis XVI**, publiés par le comte d'Hézecques. 1 vol. in-16, 3 fr. 50, net. . 2 fr. 75

GALIPPE et BARRE. **Le Pain.** — II. Technologie. Pains divers. Altérations. Collections des Aide-mémoire. 1 vol. pet. in-8°, broché, 2 fr. 50, net . . . . . . . . . 2 fr. 25
Cartonné, 3 fr., net. . . . . . . . . 2 fr. 50

GENNEVRAYE (A.). **Un Château où l'on s'amuse**. 1 vol. in-18, illustré par J. Geoffroy, 3 fr., net . . . . . . . 2 fr. 50

GERUZEZ (Paul). **A pied, à cheval, en voiture**, illustrations de Crafty. 1 vol. in-16, 6 fr. net. . . . . . . . . . . . 5 fr. 25

GRAVE (Jean). **La Société future.** 1 vol. in-18, 3 fr. 50, net. . . . . . . 2 fr. 75

GRÉGOIRE (Léon). **Le Pape, les Catholiques et la Question sociale.** 1 vol. in-16, 3 fr., net . . . . . . . . . 2 fr. 50

GROSCLAUDE. **Hâtons-nous d'en rire**, préface de A. Guillaume, croquis de Caran d'Ache. 1 vol. in-18, couverture illustrée par Guillaume, 3 fr. 50, net. . . . . . 2 fr. 75

GUYOT (Dʳ J.). **Bréviaire de l'Amour expérimental**, mémorandum du père de

famille, publié par G. Barral. 1 vol. in-32, 5 fr., net. . . . . . . . . . . . . . . . . . . . 4 fr. 50
En belle reliure, non rogné, 7 fr., net. 6 fr.

GYP. **Le Cœur d'Ariane.** 1 vol. in-18, 3 fr. 50, net. . . . . . . . . . . . . . 2 fr. 75

— **Ces Bons Normands.** 1 v. in-18, 3 fr. 50, net. . . . . . . . . . . . . . 2 fr. 75

HAUSSONVILLE (Comte d'). **Le Comte de Paris,** souvenirs personnels, brochure in-18, 1 fr., net. . . . . . . . . . . . 0 fr. 90

HELLO (Ernest). **Le Siècle, les Idées et les Hommes,** lettre préface de H. Lasserre. 1 vol. in-16, 3 fr. 50, net . . . 2 fr. 75

HOUSSAYE (Arsène). **Mademoiselle de La Vallière et Madame de Montespan.** 1 vol. in-18, avec portraits, 3 fr. 50, net. . . . . . . . . . . . . . 2 fr. 75

Arsène Houssaye a le don bien rare de mettre en action la vie des femmes illustres. C'est un des meilleurs historiens du XVII° et du XVIII° siècle, depuis les **La Vallière et les Montespan** jusqu'à **Notre-Dame de Thermidor.**
Aujourd'hui paraît **M** de La Vallière et **M** de Montespan, ces deux belles romanesques qui vont revivre encore par la vie de l'histoire.

HOSPITALIER. **Recettes de l'Électricien.** 1 vol. in-18, 4 fr., net. . . 3 fr. 50

IBSEN (Henrik). **Empereur et Galiléen,** trad. par Ch. Casanove. 1 vol. in-18, 3 fr. 50, net. . . . . . . . . . . . . 2 fr. 75

JOANNE. **Les Musées de Paris,** brochure in-16, 1 fr., net . . . . . . 0 fr. 90

*Journal de la Belle Meunière* (Le). **Le général Boulanger et son Amie,** souvenirs vécus. 1 vol. in-18, illustré, 3 fr. 50, net. . . . . . . . . . . . . . . . . . 2 fr. 75

KELLER (G.). **Roméo et Juliette au village.** Illustrations de L. Rossi et Mittis, collection Chardon bleu. 1 vol. format 8 × 15,5, 2 fr. 50, net. . . . . . . . . . . . . . 2 fr. 25

KERMAINGAUT (L. de). **Mission de Christophe Harlay, comte de Beaumont,** 1602-1605. 2 vol. in-8°, 15 fr., net. . . . . . . . . . . . . . . . . . 13 fr. »

KREBS et MORIS. **Campagnes dans les Alpes pendant la Révolution,** d'après les archives des états-majors français et austro-sarde, 1794-95-96. 1 v. in-8°, avec cartes, 18 fr., net. . . . . . . . . . . . . . . . 16 fr. »

LABRUYÈRE (Georges de). **Chantereine.** 1 vol. in-18, 3 fr. 50, net. . 2 fr. 75

LACOMBE (Ch. de). **Vie de Berryer.** Tome III. Berryer sous la République et le second Empire. 1 vol. in-8°, 8 fr., net. 7 fr. »

LANSON (G.). **Hommes et Livres,** Études morales et littéraires. 1 v. in-18, 3 fr. 50, net. . . . . . . . . . . . . . . . 2 fr. 75

— **Pages choisies de Balzac.** 1 v. in-18, br., 3 fr. 50, net. . . . . . . . . 2 fr. 75

LAVEDAN (Henri). **Une Cour.** 1 v. in-18, 3 fr. 50, net. . . . . . . . . . . . . 2 fr. 75

**La Vie militaire du général Ducrot,** d'après sa correspondance. 2 vol. in-8°, avec portrait, 15 fr., net. . . . . . . 13 fr. »

LE BON Dr Gustave). **Psychologie des foules.** 1 vol. in-12, 2 fr. 50., net. 2 fr. 25

— **Lois psychologiques de l'évo-**

**lution des Peuples.** 1 v. in-12, 2 fr. 50, net. . . . . . . . . . . . . . . . . 2 fr. 25

LEMONNIER (Camille). **La Faute de M Charvet.** 1 vol. in-18, 3 fr. 50, net. 2 fr. 75

LEPELLETIER (Edmond). **Les Trahisons de Marie-Louise,** Étude complémentaire de *Madame Sans-Gêne.* La Barrière Clichy. 1 vol. in-12, 3 fr. 50, net. . . 2 fr. 75

— **Madame Sans-Gêne.** Illustr. de gravures sur bois : **La Blanchisseuse. La Maréchale. Le Roi de Rome.** 1 vol. in-8°, couverture en couleurs, de A. BAC, 10 fr., net. . . . . . . . . . . . . . . . 8 fr. 75

LE ROUX (Hugues). **Je deviens colon,** mœurs algériennes. 1 vol. in-18, 3 fr. 50, net. 2 fr. 75

L'HEUREUX (Marcel). **Cabotinage d'amour.** 1 v. in-18, 3 fr. 50, net. 2 fr. 75

LICHTENBERGER (André). **Le Socialisme au XVIII° siècle,** Étude sur les idées socialistes dans les écrivains français au XVIII° siècle avant la Révolution. 1 vol. gr. in-8°, 7 fr. 50, net. . . . . . . . . . . . . . . . 6 fr. 50

LEVY (Jules). **Tout ça, c'est des histoires de femmes.** Couverture illustrée, aquarelle de Ribéra. 1 vol. in-18, 3 fr. 50, net. . . . . . . . . . . . . . . . . . . . 2 fr. 75

**Tout ça... c'est des histoires de femmes,** contées par Jules Levy, vient de paraître en un volume merveilleusement habillé dans une couverture en couleurs, de P. Ribéra. Les nouvelles qui composent ce volume sont croustillantes et gaies à plaisir.
La collection des Auteurs gais vient de s'enrichir d'un diamant brillant, toutes les mondaines voudront en avoir un exemplaire. C'est si bon de rire !

MAEL (Pierre). **Celles qui savent aimer,** roman. 1 vol. in-18, 3 fr. 50, net, 2 fr. 75

— **Robinson et Robinsonne.** 1 v. in-8°, avec vignettes, 7 fr., net. . . . 6 fr. »

MAISONNEUVE (Henri). **La Faute de Jeanne,** roman. 1 vol. in-18, 3 fr. 50, net. . . . . . . . . . . . . . . . . . . . 2 fr. 75

MALOT (Hector). **La Petite Sœur.** 2 vol. in-18, 2 fr. 50, net. . . . . . . 2 fr. 25

MARYLLIS (Paul). **Fleurs gasconnes.** 1 vol. in-18, 2 fr., net . . . . . . . . 1 fr. 75

M. Paul Maryllis vient de réunir en un odorant bouquet les fleurs qu'il a cueillies au hasard de ses rêves sur les bords de la Garonne et du Lot. Et tout le charme de ces rêves, toute leur grâce ensoleillée, se dégagent de la gerbe que M. Boyer d'Agen a nouée des faveurs roses d'une spirituelle préface. C'est une « aubade de printemps » où l'auteur claironne, par endroits, sans discordances, son ardeur félibréenne, son grand amour de la terre natale.

MARNI (J.). **Comment elles se donnent.** 1 vol. in-18, 3 fr. 50, net. . . 2 fr. 75

MATHEY (A.). **Jean la Flème.** 1 vol. in-18, 3 fr. 50, net. . . . . . . . . . 2 fr. 75

MAYGRIER (Raymond). **Le dernier Bohème,** roman. 1 vol. in-18, 3 fr. 50. net. . . . . . . . . . . . . . . . . . . . . 2 fr. 75

Héritier de Murger, auquel il emprunte souvent la

verve amusante et la note émue, M. Raymond Maygrier, dans le **Dernier Bohème**, qui vient de paraître, rappelle, en quelques chapitres, finement écrits, le curieux mouvement littéraire et artistique qui se manifesta en 1877, peu de temps après la *Chanson des Gueux*.

L'intérêt de ces souvenirs est augmenté par une idylle dont l'héroïne est proche parente de *Musette* et de *Mimi*.

Beaucoup d'entrain, une gaîté de bon aloi, tempérée par une pointe de mélancolie, telles sont les qualités dominantes qui assureront le succès du **Dernier Bohème**.

MÉZIÈRES A.). **Goethe**. Les œuvres expliquées par la vie, 1749-1795. 2 vol. in-16, 7 fr., net. . . . . . . . . . . . . . . . . . . . 5 fr. 50

— **Pétrarque**. Étude d'après de nouveaux documents. 1 vol. in-16. 3 fr. 50, net. . . . . . . . . . . . . . . . . . . 2 fr. 75

MICHAUD D'HUMIAC (L.). **Miss Recordinette**. Aventures cyclistes. 1 vol. in-18, 3 fr. 50, net. . . . . . . . . . . . . . 2 fr. 75

MICHELET. **Histoire de France**. Tome IX. Guerres de religion. 1 vol. in-8°, 7 fr. 50, net. . . . . . . . . . . . . . 6 fr. 50

Le tome IX de l'**Histoire de France** de Michelet vient de paraître dans la belle édition définitive des œuvres complètes du grand écrivain, publiée sous la haute direction de Mme Michelet.

Ce volume est consacré aux guerres de religion, et comprend les règnes de Henri II, de François II, de Charles IX et de Henri III. On y trouve exposée la politique perfide et compliquée des Guises; on y voit, racontés dans l'admirable langue qu'écrivait Michelet, la genèse et les conséquences de la Saint-Barthélemy ainsi que le tragique récit de l'odieux massacre ordonné par Charles IX, et enfin les différentes phases de la ligue.

*Le même*, tome X, 7 fr. 50, net. . . 6 fr. 50

Il est consacré au règne de *Henri IV*, dont il retrace dans des pages admirables la physionomie si curieuse et devenue en France si populaire.

Ce volume fait revivre la grande figure du roi « Vert-galant », l'amant passionné de Gabrielle et de tant d'autres !

Cette lecture est aussi intéressante que celle du roman le plus dramatique.

MOREAU-VAUTHIER (Ch.). **Les Gamineries de Monsieur Triomphant**. roman. 1 vol. in-18, 3 fr. 50, net. . . 7 fr. 75

MOURIN (Ernest). **Récits Lorrains**, Histoire des ducs de Lorraine et de Bar. 1 vol. in-12, 3 fr. 50, net. . . . . . . . . . . 2 fr. 75

PALLIOT (Pierre). **La Vraye et parfaite science des Armoiries** ou l'Indice Armorial de feu maistre Louvan Geliot, apprenant et expliquant les mots et figures dont on se sert au Blason des Armoiries et l'origine d'icelles. Augmenté de nombre de termes, et enrichy d'une grande multitude d'exemples des armes des familles, des institutions, des ordres, etc., par Pierre Palliot. A Dijon, chez Pierre Palliot, 1660, in-fol., fig., 2 vol. (Réimpression fac-simile), 80 fr., net . . . . 72 fr.

Frontispice, nombreuses planches de blasons (5000), attributs des différents ordres, costumes des hérauts et nombreux en-têtes et culs-de-lampe gravés. Cet ouvrage est justement considéré comme un des meilleurs, sinon le meilleur livre publié sur l'art héraldique et il est encore, de tous les ouvrages de ce genre, celui qui est et qui mérite, même aujourd'hui, d'être le plus consulté.

PASCAL (Blaise). **Œuvres**. Tome II. **Les Provinciales**, collection des grands écrivains. 1 vol. in-8°, 7 fr. 50, net. . . 6 fr. 50

PENSA (Henri). **L'Égypte et le Soudan égyptien**. 1 vol. in-16, 3 fr. 50, net. . . . . . . . . . . . . . . . . . 2 fr. 75

PESSARD (Hector). **Mes petits papiers, 1860-1870**. 1 vol. grand in-18, 3 fr. 50, net. . . . . . . . . . . . . . . 2 fr. 75

PLUMANDON. **Traité pratique de prévision du temps**. 1 vol. in-18, 2 fr., net. . . . . . . . . . . . . . . . . . . . 1 fr. 75

RADIGUET (Lionnel). **Succession**, comédies de mœurs officielles, en trois actes (189*), préface par M. Barrès. 1 vol. in-18, 3 fr. 50, net. . . . . . . . . . . . . . 2 fr. 75

RAPP (Général), aide de camp de Napoléon. **Mémoires**, 1772-1821, portrait, plan et dessin. Édition revue par D. Lacroix. 1 vol. in-8°, 6 fr., net. . . . . . . . . . . . 5 fr. 25

—*Le même*. 1 vol. in-12, 3 fr. 50, net 2 fr. 75

RICARD (J.). **A prix fixe et à la carte**, salons et cabinets. 1 vol. gr. in-18, 3 fr. 50, net. . . . . . . . . . . . . . 2 fr. 75

ROBIDA. **Paris de siècle en siècle**, texte, dessins, lithographies, chromotypographies et eau-forte. 1 vol. in-4°, 25 fr., net 22 fr.

ROSNY (J.-H.). **Résurrection**. 1 vol. in-18, 3 fr. 50, net . . . . . . . . . . 2 fr. 75

ROUSSET. **Histoire générale de la Guerre franco-allemande** 1870-71. Tome III. **Le Siège de Paris**. 1 vol. in-8°, 7 fr. 50, net . . . . . . . . . . . . . 6 fr. 50

ROZANE (Jean). **Maldonne**, 1 vol. in-18, 3 fr. 50, net. . . . . . . . . . . . . . . 2 fr. 75

SAINT-ARNAUD (Maréchal de). **Lettres** 1832-1854, précédées d'une Notice par Sainte-Beuve. 2 vol. in-18, 7 fr., net . . . . 5 fr. 50

SARCEY (Francisque). **Grandeur et décadence de Ninon-Ninette Pataud**. Collection Ollendorff à 2 fr., net 1 fr. 75

SARDOU (Victorien). **La Maison de Robespierre**, réponse à M. Hamel. 1 vol. in-8° illustré, 2 fr., net . . . . . . . . 1 fr. 75

SAUSSINE (H. de). **Le Prisme**. 1 vol. in-8°, 3 fr. 50, net . . . . . . . . . . 2 fr. 75

SCIOUT (L.). **Le Directoire**. Tomes I et II. **Les Thermidoriens**, Constitution de l'an III, 18 fructidor. 2 vol. pet. in-8°, 16 fr., net. . . . . . . . . . . . . . . . . . . 14 fr.

SÉBILLOT (Paul). **Légendes et Curiosités des Métiers** illustrées, fascicules VI et VII. *Les Cordonniers et les Chapeliers*. Les deux fascicules réunis en un seul, 1 fr., net. . . . . . . . . . . . . . . . . . . 0 fr. 90

Vient de paraître : les **Légendes et Curiosités des Métiers**, de Paul Sébillot, les monographies des corps d'état. C'est une sorte d'histoire intime des industriels, patrons et ouvriers. Il relève, d'après les auteurs anciens ou contemporains, des communications inédites ou des observations personnelles sur les préjugés dont ils étaient l'objet et dont il explique l'origine; les anecdotes singulières ou les dictons moqueurs qui avaient cours sur chaque corps d'état, les coutumes curieuses ou bizarres de jadis et d'aujourd'hui.

Sont en vente cinq monographies au prix de 50 centimes le fascicule : I. *Les Tailleurs;* II. *Les Boulangers;* III. *Les Forgerons;* IV. *Les Coiffeurs;* V. *Les Couturières, Dentellières et Modistes.*

SILVESTRE (Armand). **Fariboles amusantes.** Illustr. de Ch. Clérice. 1 vol. in-12, 3 fr. 50, net . . . . . . . . . 2 fr. 75

TEXTE (Joseph). **Jean-Jacques Rousseau et les origines du cosmopolitisme littéraire.** 1 vol. in-16, 3 fr. 50, net . . . . . . . . . . . . . 2 fr. 75

THEOTOKY (Comte C.). **Vie de montagne**, roman. 1 v. in-16, 3 fr. 50, net 2 fr. 75

**Trésor de la vie pratique**, indispensable à tous les ménages, comprenant des renseignements sur tous les sujets usuels, par une réunion de savants. Préface de M^me L. de Salle. 1 fort vol. in-8°, 4 fr., net . . . 3 fr. 50

UZANNE (Octave). **Coiffures de Style.** *La Parure excentrique* de l'époque Louis XVI. 100 planches, chacune avec cadre vieil or, reproduites d'après les documents originaux, imprimées en plusieurs tons et rehaussées à l'aquarelle. Paris, Ed. Rouveyre (1895). 1 vol. in-32 jésus, tirage de luxe. Couverture avec fers à dorer, 7 fr. 50, net . . . . 6 fr. 50

50 exemplaires, numérotés de 1 à 50, ont été imprimés sur papier du Japon des Manufactures impériales de Tokio, avec suite des cent gravures en noir, sur Chine volant, 60 fr., net . . . . . . . . . . . . . . . 54 fr.

Faire l'étude de la Coiffure c'est exprimer les différents styles du visage féminin, toujours gracieux malgré les exagérations parfois inimaginables des apprêts de la chevelure. Il ne manque à cette publication éditée avec luxe, ni l'expression de l'art polychrome nécessaire aux planches de reproduction faites d'après les documents authentiques gravés ou inédits, ni l'argumentation érudite du style dans l'étude placée en tête.

VAPEREAU. **Dictionnaire des Contemporains.** Supplément à la 6° édition. Br. in-8° de 103 pages, 2 fr., net. 1 fr. 75

WEILL (Georges). **Pages choisies de Mignet.** 1 vol. in-16, 3 fr., net . . 2 fr. 50

WILDE (Oscar). **Le Portrait de Dorian Gray.** 1 vol. in-18, 3 fr. 50, net 2 fr. 75

YVEL (Jacques). **Les Rêves de la Belle au Bois dormant.** 1 vol. in-18, 3 fr. 50, net . . . . . . . . . . . . . 2 fr. 75

ZOLLA (D.). **Les Questions agricoles d'hier et d'aujourd'hui**, Chronique agricole du *Journal des Débats.* 1 vol. in-12, 3 fr. 50, net . . . . . . 2 fr. 75

# MUSIQUE

DELÉPIERRE-DOUAY (M^me J.). **Andante, Berceuse, Prière des Anges**, violon et piano, chaque 3 fr., net . . . . . . 0 fr. 75

Les compositions de M^me Delépierre-Douay, l'éminente violoniste, se distinguent par la beauté du style et le charme pénétrant de la mélodie.

**Morceaux religieux :** Poésie de M. Amédée Douay, musique de M^me J. Delépierre-Douay. *Stances à l'Enfant-Jésus; Hymne à la Résurrection*, chant et piano, 3 fr., net . . . . . . . . . . . . . . . 0 fr. 75

**La Sérénade du pavé**, piano et chant, au lieu de 4 fr., net. . . . 1 fr. »

# OUVRAGES D'OCCASION

587. **Les Lettres et les Arts** (Paris, Boussod-Valadon, 1886). Première année, premier vol., in-4°, d.-rel. chag., tête dor., n. rog., 75 fr., net. . . . . . . . . . . . . . . . . 30 fr. »

Superbe publication illustrée par Detaille, Ciceri, Raffaelli, Cormon, Giacomelli, Delort, etc.

588. LIÉGEARD (Stéphen). **La Côte d'Azur** (Paris, Quantin, 1887). In-4°, br., 25 fr., net. 12 fr. »

Belles et nombreuses planches.

589. LIENHART et HUMBERT. **Uniformes de l'armée française** depuis 1690 jusqu'à nos jours. L'ouvrage comprendra 50 fascicules et contiendra environ 200 planches. Il paraîtra un fascicule par mois composé de quatre planches et du texte ; le fasc., net . . . . . . . . . 2 fr. »

590. LINGARD (D^r John). **Histoire d'Angleterre** (Paris. 1883). 21 vol. Pièces justificatives, 3 vol., ens., 24 vol. in-8°, br., net. . 15 fr. »

591. **Livre (Le) des Ballades**, soixante ballades choisies (Paris, Lemerre, 1876). In-8°, br., épuisé, net. . . . . . . . . . . . . . 10 fr. »

592. LOTH. **Saint Vincent de Paul et sa mission sociale** (Paris, Dumoulin, 1880). Gr. in-8°, br., pl. 30 fr., net.. . . . . . . . 15 fr. »

593. **Luciade (La) ou l'Ane de Lucius de Patras**, avec le texte grec revu sur plusieurs manuscrits, par Courier (Paris, Bobée, 1818). In-12, d.-rel. mar., coins, tête dor., n. rog., pl., net. . . . . . . . . . . . . . . . . . 7 fr. »

594. LURINE (L.). **Le Treizième arrondissement de Paris** (Paris, 1850). In-8°, d.-rel., v. fau., couverture illustrée, net. . . . . 5 fr. »

Frontispice et illustrations sur bois dans le texte. Édition originale.

595. MABLY. **Œuvres complètes** (Paris, 1790). 22 tomes en 21 vol. in-18, demi-rel., net. . . . . . . . . . . . . . . . . . 20 fr. »

596. **Magasin Pittoresque de l'origine**, 1833 à 1868. 37 vol. in-1°, d.-rel., net. . . 70 fr. »

597. MAHALIN (Paul). **Les Jolies actrices de Paris.** 1 vol. **Au Bout de la lorgnette.** 1 vol. (Paris, Tresse, 1868). Ens. 5. vol. in-12, d.-rel. chag. rou., couverture. Envoi d'auteur, net. 15 fr. »

598. MAISTRE (Xavier de). **Voyage autour de ma chambre** (Paris, Lemerre, 1878). In-8°, br., épuisé, net. . . . . . . . . . . . . 14 fr. »

599. — **Voyage autour de ma chambre,** préface par A. Piédagnel (Paris, Quantin, 1883). In-32, br. Portrait et eaux-fortes de Delort, 6 fr., net. . . . . . . . . . . . 3 fr. 50

600. MALHERBE. **Œuvres** recueillies et annotées par Lalanne (Paris, Hachette, 1872). 5 vol. in-8° et album, br., net. . . . 25 fr. »

601. MALLARD (V.). **Histoire des deux villes de Saint-Amand et du château de Montrond,** publiée par G. Mallard (Saint-Amand, 1895). In-8°, br. Cartes et figures, net. 7 fr. »

602. MALTE-BRUN. **L'Allemagne illustrée** (Paris, Rouff). 5 vol. in-4°, br. Nombreuses gravures, 100 fr., net. . . . . . . . . . 40 fr. »

603. — **Géographie universelle** (Paris, Furne, 1845). 6 vol. in-8°, d.-rel. veau, net. 22 fr. »

604. MANUEL (Pierre), l'un des administrateurs de 1789. **La Police de Paris dévoilée** (Paris, an second de la liberté). 2 tomes en 1 vol. in-8°, veau, net. . . . . . . 10 fr. »

605. MARIVAUX. **Théâtre,** publié avec une notice et notes par G. d'Heylli (Paris, 1876). In-18, br., épuisé, net. . . . . . . . . 5 fr. »

606. MARMONTEL. **Œuvres** complètes (Paris, Costes, 1819). 18 vol. in-12 br., net. 15 fr. »

607. MÉGNIN. **Formes extérieures et anatomie élémentaire du cheval.** 1 feuille coloriée sur toile, net. . . . . . . . . . . . 2 fr. 50

608. **Mémoires et Lettres du maréchal de Tessé,** contenant des anecdotes et des faits historiques inconnus sur partie des règnes de Louis XIV et de Louis XV (Paris, Treuttel et Wurtz, 1806). 2 vol. in-8°, d.-rel., net. 7 fr. »

609. MENDÈS (Catulle). **Les Iles d'amour** (Paris, Frinzine, 1886). In-4°, d.-rel. chagrin. Eaux-fortes de Fraipont, 12 fr., net. 7 fr. »

610. MICHELET (J.). **Thérèse et Marianne,** souvenirs de jeunesse. Illustrations à l'eau-forte de V. Foulquier (Paris, Conquet, 1891). 1 vol. in-16, net. . . . . . . . . . . . 22 fr. »

611. MONNIER (Henry). **Les Bas-fonds de la société,** édition minuscule tirée à 64 exemp. s. l. n. d., avec 8 dessins à la plume, de Félicien Rops, tirés sur Chine et hors texte, net. 20 fr. »

612. MOIREAU. **La Journée d'un écolier au moyen âge** (Paris, Quantin, s. d.). In-4°, cart., fers spéciaux, 10 fr., net. . . . . . . 4 fr. »
Illust. Rochegrosse, de Voos, Mouchot, etc.

612 bis. **Musée de tsars Koé-Selo** ou collection des armes rares, anciennes et orientales de S. M. l'Empereur de Russie. Ouvrage composé de 180 planches lithographiées par Asselineau, d'après les dessins originaux de Rockstuhl. Saint-Pétersbourg. Velten (Paris, imp. Lemercier, 1835-1853). 7 vol. in-fol. en carton, net . . . . . . . . . . . . . . 250 fr. »
Bel exemplaire d'un ouvrage rare.

613. **Oracles.** Pratique curieuse ou les oracles des Sibylles, sur chaque question proposée, avec la fortune des humains, inventée par M. Commiers et mise dans ce beau jour par L.-D. J. (Paris, Brunet, 1717). In-12, v. Frontispice, net. . . . . . . . . . . . . . 5 fr. »

614. OVIDE. **Les Métamorphoses,** trad. par Villenave (Paris, Gay et Guestard, 1806). 4 vol. in-8°, d.-rel. mar. vert, coins, tr. rou., net. 150 fr. »
Bel exemplaire d'un livre bien illustré, contenant 144 figures par Lebarbier, Monsiau et Moreau, gravées par Baquoy, Dambrun, Delvaux, de Ghendt, etc.

615. PAGÈS (Alphonse). **Les Grands poètes français,** portraits authentiques, autographes, fac-simile des éditions originales (Paris, 1874). Gr. in-8°, cart., net. . . . . . . . . 7 fr. »

616. PASCAL. **Pensées,** avec des notes philosophiques et théologiques, et une notice biographique par V. Rocher (Tours, Mame, 1873). Gr. in-8°, br. Portrait, net. . . . . . 12 fr. »

617. **Petit Traité de l'amour des femmes pour les sots** (Pétersbourg, 1788). In-8°, d.-rel. mar. bl., coins, tête dor., n. rog, net. 10 fr. »
Ouvrage rare et curieux.

618. **Petite Revue** (La) (Paris, Pincebourde, 14 novembre 1863 à septembre 1867). 13 vol., pet. in-8°, br., net. . . . . . . . . 18 fr. »
Collection complète de tout ce qui a paru de cette intéressante publication, aujourd'hui épuisée et rare.

619. PHARAON (Florian). **Le Caire et la Haute-Égypte,** dessins de Darjou (Paris, Dentu, 1872). In-fol., d.-r. chag., plats toile. Publié à 300 fr., net. . . . . . . . . . . . . 100 fr. »

620. PIÉDAGNEL (A.). **Jadis.** Souvenirs et fantaisies (Paris, Liseux, 1886). Gr. in-8°, d.-rel. mar. bl., coins tête dor., n. rog. Eaux-fortes de M. d'Aubépine. 24 fr., net. . . . . . 12 fr. »

621. PLANTET (Eugène). **La collection de statues du marquis de Marigny,** directeur des arts, académies et manufactures du roi, 1725-1781 (Paris, Quantin, 1885). In-8°, br., planches. 15 fr., net. . . . . . . . . . . . . . . 7 fr. »

622. **Promenades d'un artiste,** bords du Rhin, Hollande, Belgique (Paris, Renouard, s. d.). In-8°, mar. br., reliure du temps avec fers spéciaux, planches, net. . . . . 20 fr. »

623. **Proverbes** (Les) en facéties, d'Antonio Cornazano, XVe siècle. Traduit pour la première fois, texte italien en regard (Paris, Liseux, 1884). Pet. in-8°, br., 20 fr., net. . . . . . . . 8 fr. »

624. RABELAIS. **Les Songes drôlatiques de Pantagruel,** suite de 120 gravures sur bois (Paris, Tross, 1870). In-8°, br., net. . 5 fr. »

625. RESTIF DE LA BRETONNE. **Monsieur Nicolas,** ou le cœur humain dévoilé, mémoires intimes de Restif de La Bretonne (Paris, Liseux, 1883). 1 vol. pet. in-8°, br., net. 25 fr. »

626. **Rettorica** (La) della puttane composta conforme alli precetti di Cipriano (Villafranca, à la Sphère, 1673). Pet. in-12, mar. rou., dent. int., tr. dor., non rogné, rare en cet état (Thibaron). Net . . . . . . . . . . . . . 40 fr. »
Belle édition de ce singulier ouvrage.

627. REUMONT. **La Jeunesse de Catherine de Médicis,** trad. par A. Baschet (Paris, Plon, 1866). In-8°, br., net . . . . . . . . 4 fr. »

628. ROBIQUET. **Theveneau de Morande.** étude sur le XVIIIe siècle (Paris, Quantin, 1882). 1 vol. gr. in-18, br., port. et planches hors texte. 10 fr., net. . . . . . . . . . . 5 fr. »
Le même, sur papier de Chine. 25 fr., net. 10 fr. »

629. ROUSSEAU (J.-J.). **Du Contrat social** ou principes du droit politique (Amsterdam, 1762). In-12, veau, net . . . . . . . . . . . 12 fr. »
*Édition originale. Rare.*

630. ROUX-FERRAND. **Histoire des progrès de la civilisation en Europe** (Paris, Hachette, 1833). 6 vol. in-8°, br., net . . . . . 10 fr. »

631. SAND (Maurice). **Masques et bouffons**, comédie italienne, préface de G. Sand (Paris, Lévy, 1862). 2 vol. gr. in-8°. Nombreuses planches., net . . . . . . . . . . . . . 15 fr. »

632. SANSON (H.). **Sept générations d'exécuteurs. Mémoires de Sanson**, 1688-1847 (Paris, 1862). 6 vol. in-8°, br., net. 20 fr. »

633. SCARRON. **Le Roman comique** (Paris, Didot, 1796). 3 vol. in-8°, veau écaille, net. 30 fr. »
*Portrait de Le Mire, figures de Le Barbier. Bel exemplaire. Annoncé 80 fr. au guide Cohen.*

634. SÉGUR (Comte de). **Histoire de France** (Paris, Eymery, 1830). 9 vol. in-8°, d.-rel , non rognés. . . . . . . . . . . . . . 20 fr. »

635. — **Histoire de Charles VIII**, roi de France (Paris, Eymery, 1838). 2 vol. in-8°, d.-rel., net. . . . . . . . . . . . . . . 6 fr. »

636. SILVESTRE (Armand). **Le conte de Larcher**, avec tirage à part au trait (Paris, Lahure, 1883). Ens. 2 vol. in-8°. Les couvertures illustrées, papier du Japon, aquarelles de Poirson, gravées par Gillot. Au lieu de 175 fr., net. 60 fr. »
*Le même*, papier du Japon. 1 vol., net. 40 fr. »
*Le même*, papier de Chine, non mis dans le commerce, net. . . . . . . . . . . . 50 fr. »

637. Simon-Stevin (Brugeois) (Notice sur). Gand, Annoot-Braeckman, 1847. Imprimé sur satin : dans le même vol. un double exemplaire imprimé sur peau de vélin. 1 volume in-18, mar. vert, filets, dos orné. dent. int., gardes moires, tranches dorées. Ravissante reliure de Petit, successeur de Simier, net. . . 50 fr. »

638. SINISTRARI d'AMENO (R. P.). **De la démonialité et des animaux incubes et succubes**, trad. du latin par J. Liseux (Paris, 1875). In-8°, br., épuisé. 10 fr., net. . . . . . 5 fr. »

639. **Souvenirs numismatiques de la Révolution de 1848**. Recueil complet des médailles, monnaies et jetons qui ont paru en France depuis le 22 février jusqu'au 20 décembre 1848 (Paris, s. d.). In-4°, cart., net. . . . . 7 fr. »

640. TAYLOR (Baron). **Les Pyrénées** (Paris, Gide, 1843). In-8°, maroq. vert, dentelles sur les plats, dos orné, dentelles intér., tr. dor., net. . . . . . . . . . . . . . . . . . 30 fr. »
*Exemplaire du relieur Lebrun qui a frappé ses initiales sur les plats du volume; il y a ajouté un autographe du baron Taylor où celui-ci le félicite de ses reliures : « J'ai le plus grand plaisir à vous exprimer ma satisfaction des reliures que vous venez d'achever pour moi. Pour vous perfectionner dans un art dont vous connaissez déjà si bien les secrets, il faut étudier les reliures du temps de François II, Henri III, de Louis XIII et de Henri IV, etc. »*

641. THÉATRE. **Le Dragon de l'île de Rhodes.** 16 dessins de Retzsch-Faust, 26 gravures d'après les dessins de Retzsch, avec une analyse du drame de Gœthe, par M^me Voïart-Fridolin. 8 dessins de Retzsch, trad. par M^me Voïart (Paris, 1829). 1 vol. in-18, d.-rel., chag. vert. tête dor., n. rog. 52 eaux-fortes., net. 12 fr. »

642. THIERS (J.-B., curé de Champrond). **Histoire des perruques** où l'on fait voir leur origine, leur usage, leur forme, l'abus et l'irrégularité de celles des ecclésiastiques (Avignon, Chambeau, 1779). In-12, v. fauve, net. 45 fr. »
*Bel exemplaire d'un livre rare et bien conservé, dans une bonne reliure de Petit, successeur de Simier.*

643. TILLIER (L.) et BONNETAIN. **Histoire d'un paquebot** (Paris, Quantin, s. d.). In-4°, cart., fers spéciaux. 10 fr., net. . . . . 4 fr. »

644. **Tours.** Sancta et metropolitana ecclesia turonensis, sacrorum pontificium suorum ornata virtutiens. Et studio ac opera M. Joannis Maan. Augustæ, Turonum, 1667. 2 parties en 1 vol. in-fol., veau, net. . . . . . . . . . 15 fr. »

645. UZANNE (S.). **Correspondance de Madame Gourdan**, dite la petite comtesse, étude causerie sur les sérails du XVIII^e siècle. Bruxelles, Kistemaeckers, 1883. In-8°, br. 25 fr., net. 10 fr. »

646. VÉRON (D^r L.). **Mémoires d'un bourgeois de Paris** (Paris, Librairie nouvelle, 1856). 6 vol. pet. in-12, demi-rel. veau, net. 12 fr. »

647. VIDAL (A.). **La Chapelle Saint-Julien des Ménestriers et les ménestrels de Paris** (Paris, Quantin, 1878). In-4°, br. Belles eaux-fortes de Hillemacher, 10 fr., net. . . 5 fr. »

648. **Virgilii Maronis** bucolica (Georgica et Aeneis (Argentorati, Jacobi Dannbach, 1789). In-4°, cart., n. rog, net. . . . . . . . . . 8 fr. »
*Livre remarquable comme impression typographique.*

649. VITET. **Monographie de l'église Notre-Dame de Noyon**, plans, coupes, élévations et détails, par D. Ramée (Paris, imp. Royale, 1845). 1 vol. in-4° de texte et 1 vol. gr. in-fol. de planches, demi-rel., net. . . . . . . 30 fr. »

650. VOLTAIRE. **La Pucelle d'Orléans** (Rouen, Lemonnyer, 1880). 2 vol. in-16, br., 40 fr., net. . . . . . . . . . . . . . 15 fr. »
*Le même.* Pet. in-8°, br., au lieu de 70 fr., net. . . . . . . . . . . . . . . . . . . 28 fr. »
*Portraits, frontispice et 21 gravures de Duplessis-Bertaux.*

651. WEBER. **Tableau** des principales races de chiens et des maladies dont ils sont généralement atteints. 1 feuille collée sur toile, net. 2 fr.

652. ZOLA (E.). **L'Assommoir** (Paris, Charpentier, 1877). In-12, demi-rel., chag. grenat. Édition originale avec envoi autographe de l'auteur, net. . . . . . . . . . . . . 35 fr. »

653. — **Pot-Bouille**, édition illustrée, par G. Bellenger et Kauffman (Paris, Marpon-Flammarion). In-8°, demi-rel. veau, net. 4 fr.

<hr>

## OUVRAGES SUR LA RÉVOLUTION, L'EMPIRE & LA RESTAURATION

654. **Conquêtes** des Français en Égypte, avec une nouvelle carte des citoyens Montelle et Chanlaire (Paris, an VII). In-8°, demi-rel. v., net. . . . . . . . . . . . . . . . . 3 fr. 50

655. **Correspondance** et relations de J. Fiévée avec Bonaparte, premier consul et empereur pendant onze années (1802 à 1813) (Paris, 1836). 3 vol. in-8°, cart. Portrait et figures, net. 10 fr.

656. **Coup d'œil sur le règne de Louis XVI,** depuis son avènement à la couronne jusqu'à la séance royale du 23 juin 1789, pour faire suite à l'histoire philosophique du règne de Louis XV, par le comte de Tocqueville (Paris, Amyot). In-8°, demi-rel. chag., net. . . . . . . 4 fr. »

657. GUIZOT. **Du Gouvernement de la France depuis la Restauration et du Ministère actuel** (Paris, Ladvocat, 1820). In-8°, demi-rel., n. rog , net. . . . . . . . 4 fr. »

658. **Histoire de l'esprit révolutionnaire des nobles en France sous les 78 Rois de la Monarchie** (Paris, 1818). 2 vol. in-8°, demi-rel., net. . . . . . . . . . . . . . . . . 5 fr. »

659. **Histoire de Napoléon Buonaparte** depuis sa naissance, en 1769, jusqu'à sa translation à Sainte-Hélène en 1815 (Paris, Michaud, 1817). 4 vol. in-8°, demi-rel. Portraits, net. 10 fr. »

660. **Historia de la guerre de España contra Napoléon Bonaparte** (Madrid, 1818). Dans le même volume Noticias relativas alos acometimientos de la batalla de Baylen; y la gue hubo sobre sus prisioneros en el Puento de Santa-Maria. Manuscrit de 64 pages. En 1 vol. in-8°, demi-rel., interfolié de papier blanc, net. . . . . . . . . . . . . . . . . 20 fr. »

661. **Itinéraire de Buonaparte** depuis son départ de Doulevent, le 29 mars, jusqu'à son embarquement à Fréjus, dans la nuit du 28 au 29 avril, avec quelques détails sur ses derniers moments à Fontainebleau et sur sa nouvelle existence à Porto-Ferrajo (Paris, 1815). In-8°, br., net. . . . . . . . . . . . . . . . . 4 fr. »

662. **La France,** par Lady Morgan, ci-devant miss Owenson; traduit de l'anglais par A. J. B. D. (Defauconpret) (Paris, 1818). 2 vol. in-8°, cart., net. . . . . . . . . . . . . . . . 6 fr. »

663. **Le Tribun du peuple** où le défenseur des droits de l'homme; en continuation du journal de la Liberté de la Presse, par Gracchus Babeuf. Du 1ᵉʳ au 19 nivôse an III de la République. In-8°, cart., net. . . . . . . 4 fr. »

Éveil contre le danger imminent de la liberté, projet de loi contre la presse déguisée sous le titre de loi contre la calomnie; système d'organisation de tous les journaux afin de les mettre à la dévotion du gouvernement.

664. LOURDOIX. **Les Folies du siècle,** roman philosophique (Paris, Pillet, 1817). In-8°, v. Contient de curieuses caricatures sur les événements politiques, net. . . . . . . . 6 fr. »

665. **Notion d'ordre sur la garantie de la liberté des opinions,** par Dubois-Grancé, discours prononcé à la Société des amis de la liberté (Paris, imp. Laveaux, s. d.). In-8°, cart., net. . . . . . . . . . . . . . . . 5 fr. »

666. **Notice biographique sur Napoléon,** extrait de la galerie historique des contemporains (Bruxelles, Wahlen, 1882). In-18, demi-rel. Portrait et figures en couleurs, net. 5 fr.

667. **Petite vérité au grand jour** sur les acteurs, les actrices, les peintres, les journalistes, l'Institut, le portique républicain, Bonaparte, etc., par une société d'envieux, d'intrigants et de cabaleurs; se trouve partout, an VIII. In-12, cart., n. rog., net. . 15 fr. »

Très rare et très curieux volume satirique sur les acteurs de l'Opéra, Favart, Vaudeville, Feydeau, etc.; sur les auteurs dramatiques, comme on en voit tant, les journaux, etc.

668. **Pie IX et Louis XVIII,** conférence théologique et politique trouvée dans les papiers du cardinal Doria, traduite par M. J. Chénier. Paris, Everat, in-18, d. rel, net. 2 fr. 50

669. **Procès de Buonaparte,** par Lewis Goldsmith où adresses, lettres, écrits, débats survenus en Angleterre, touchant la déportation de Napoléon Buonaparte (Paris, 1816). In-8°, demi-rel., net. . . . . . . . . . 5 fr. »

670. **Procès-verbal** des séances des délibérations de l'assemblée générale des électeurs de Paris, réunis à l'Hôtel-de-Ville le 14 juillet 1789, rédigé depuis le 26 avril jusqu'au 30 juillet 1789 (Paris, 1790). 3 vol. in-8°, demi-rel., net. . . . . . . . . . . . . . . . . 8 fr. »

# OUVRAGES SUR LA CHASSE, LA PÊCHE, L'ÉQUITATION

## BIBLIOTHÈQUE DU CHASSEUR
(COLLECTION DES BIBLIOPHILES)
Cabinet de vénerie, publié par MM. E. JULLIEN, P. LACROIX et MARTIN-DAIRVAULT.
Tirage à 500 ex. sur papier de Hollande. — PRIX DOUBLES sur pap. de Chine et sur pap. Wathman.

Discours de l'antagonie du chien et du lièvre, par Jehan du Bec (XVIᵉ siècle), 6 fr. net . . . . . . . . . . . . . . . . . . . . 1 50

La chasse du loup, par Jean de Clamorgan (XVIᵉ siècle), 6 fr., net. . . . . . . . . . . 1 50

Le bon varlet de chiens, publ. d'après un manuscrit inédit de la Bibliothèque de l'Arsenal. 7 fr. 50. net. . . . . . . . . . . . 2 »

Le livre de l'art de fauconnerie et des chiens de chasse, de Gill. Tardif (1492). 2 vol. 16 fr. net. . . . . . . . . . . . . 4 »

La chasse royale, de H. Salel. et le Débat entre deux dames sur le passe-temps des chiens et des oiseaux. de G. Cretin. Deux poèmes, 7 fr. 50, net. . . . . . . . . . . 2 »

Le Livre du roi Dancus, 8 fr., net. . . . . . . 2 »

La Conférence des fauconniers, de d'Arcussia, (1644), 11 fr., net. . . . . . . . . . 2 75

La Muse chasseresse, par Guill. de Salle (1611). 1 vol., 6 fr., net. . . . . . . . . . . 1 50

Le Lièvre, de Simon de Bullandre (1585), 1 vol. 5 fr. 50, net. . . . . . . . . . . . . 1 50

Nouvelle invention de chasse pour prendre et oster les loups de France, par Louys Gruau (1613). 8 fr 50. net. . . . . . . . . . . . 2 »

Les grandes chasses au XVIᵉ siècle, par le comte H. de La Ferrière. 1 vol. in-16, 6 fr., net. . . . . . . . . . . . . . . . . 1 50

L'Église et la chasse, par Gourdon de Genouillac, 1 vol., 6 fr., net. . . . . . . . . . . 1 50

## Ouvrages sur la Pêche, la Chasse, l'équitation (*Suite*).

671. **Almanach** des chasseurs et des gourmands. Chasse, table, causeries (Paris, s. d.). In-12, cart. Figures, net. . . . . . . 3 fr. »

672. **Arrest** de la cour de parlement aydes et finances de Dauphiné du 15 may 1739, qui défend le port des armes et la chasse, arrest du 7 may 1743 qui deffend la chasse aux petits oiseaux, etc., arrest du 4 septembre 1754 qui défend d'enlever les œufs de cailles, perdrix et faisans pour les faire nourrir et élever dans les maisons, etc. Arrest du 5 septembre 1578 qui défend la chasse dans les vignes pendant l'année 1759. Règlement de la cour de parlement de Dauphiné du 26 mars 1768 concernant le port d'armes et la chasse, arrest portant deffense du port des armes et de la chasse du 13 décembre 1700. Règlement de la cour du parlement de Dauphiné concernant la chasse du 30 avril 1706, etc., ens. 8 pièces, net. 5 fr. »

673. **Arrest** qui ordonne que toutes personnes qui ont offices bénéfices où qui sont majeures, ne pourront porter les armes, sans les avoir fait enregistrer à leur nom. Déclaration du roy portant suppression de capitaineries de chasses. Déclaration du roy pour la vente du plomb et de la poudre, 1699. Déclaration du roy portant révocation des prohibitions et défenses contenues dans la déclaration du premier octobre 1699 et permission à toutes personnes de faire vendre et distribuer du plomb en dragées et en balles, 1702. Déclaration du roy contre le port des armes, avec l'ordonnance du roy contre la chasse. Ens. 5 pièces, net. . 4 fr. 50

674. **BARROIL. L'Art équestre** (Paris, Rothschild, 1889). 2 tomes en 1 vol. in-8°, demi-rel. v. fauv. fig., 24 fr., net. 14 fr. »

*Le même*, 2 vol. br., net. . . . . 11 fr. »

675. **BLAZE (Elzéar). Le Chasseur au chien d'arrêt**, contenant les habitudes, les ruses du gibier, l'art de le chercher et de le tirer, le choix des armes, l'éducation des chiens, etc. (Paris, 1854). In-8°, d.-rel., vignette, net. 7 fr.

676. **BELVALETTE (Alfred). Traité d'Autourserie** (Paris, Pairault, 1887). Petit in-8°, br., fig., 10 fr., net. . . . . . . . . 8 fr. 75

677. **BUCHOZ. Les agréments des campagnards** dans la chasse des oiseaux et le plaisir des grands seigneurs dans les oiseaux de fauconnerie (Paris, 1784). In-12, d. rel., un coin du titre manque, net. . . . . . . . 4 fr. »

678. **CHARNACÉ (Guy de). Les Veneurs ennemis** (Paris, Pairault, 1887). In-12, br., 3 fr. 50, net. . . . . . . . . . . . 2 fr. 75

679. **CHARNACÉ (G. de). Souvenirs d'une jument de chasse**, suivis de écoute à Bois-Rose (Paris, Pairault, 1886). Petit in-8°, br., 3 fr. 50, net. . . . . . . . . . . 2 fr. 75

680. **Chasse royale (La)**, composée par le roy Charles IX et dédiée au roy très chrestien Louis XIII (Paris, Bouchard-Huzard, 1857). Petit in-8°, br., fig., net. . . . . . . . 7 fr. »

Épuisé et rare.

681. **Cours** d'équitation militaire à l'usage des corps de troupes à cheval (Saumur, 1830). 2 vol. in-8°, demi-rel., net. . . . . . 4 fr. »

682. **D'AMEZEUIL (C.). La Braconnière**, souvenirs de chasses (Paris, Dentu). In-12, br., net. . . . . . . . . . . . . . 2 fr. 50

683. **DAX (V. L. de). Nouveaux souvenirs de chasse et de pêche dans le Midi de la France** (Paris, Dentu). In-12, br. épuisé, net. . . . . . . . . . . . . . . 3 fr. »

684. **DELABÈRE-BLAINE. Pathologie canine** où traité de maladies des chiens, trad. de l'anglais par Delaguette (Paris, Raynal, 1828). In-8°, demi-rel., pl., net. . . . . . . 3 fr. »

685. **DESLOGES. Manuel de l'Oiseleur.** Les oiseaux de Sport, par A. Pichot. Ens. 2 vol., br., net. . . . . . . . . . . . . . 1 fr. 50

686. **DIGUET (Charles). Guide du Chasseur**, illustrations et portrait, par Kauffmann. In-18, cartonnage élégant, 3 fr., net. . . . . 1 fr. 75

687. **DIGUET. La Vision de Saint-Hubert.** Gravures (Paris, 1884). **La Chasse au gabion** (Paris, 1887), Cerfon. **Chasse à courre du lièvre** (Vincennes, 1885), Magnin. **Le Furet**, histoire, hygiène, maladies (Vincennes, 1885). Ens. 4 br., net. . . . . . . . . . . . 5 fr. »

688. **DU FOUILLOUX. La Vénerie** de Jacques du Fouilloux, seigneur dudit lieu, gentilhomme du pays de Gastine en Poictou, par lui jadis dédiée au roy Charles neuviesme (Paris, chez Abel L'Angelier, 1606). In-8°, mar. rouge, filets, dos orné, dent. int., tr. dor., net. . . . . . . . . . . . . . . . . 275 fr. »

Superbe exemplaire suivi de la Chasse du loup, de la fauconnerie, de Jean de Franchières, grand-prieur d'Aquitaine. Paris, Abel l'Angelier, 1607, et de celle de messire Artelouche de Alagona, seigneur de Maurueques, conseiller et chambellan du roy en Sicile. Nombreuses figures sur bois.

689. **DUPUY. L'Officine vétérinaire**, recueil pratique de matière médicale et de pharmacie vétérinaire, avec formulaire général (Paris). 1 vol. in-8°, cart., net. . . . . . . . 5 fr. »

690. **FILLES (James). Principes de dressage et d'équitation**, ouvrage illustré de 62 figures tirées à part. Gr. in-8°, raisin, 12 fr., net. . . . . . . . . . . . . . 10 fr. 50

691. **FISCH-HOOK. Le Livre du Pêcheur**, nombreuses illustrations. 1 vol. in-18, cartonnage élégant, 3 fr., net. . . . . . . . . 1 fr. 75

692. **FLEURY (B. de). Cheval de course et de service**, suivi d'un manuel vétérinaire (Paris, 1875). Magne. **Choix du cheval** (Paris, 1853, fig.). Pellier fils. **L'Équitation pratique** (Paris, 1861). A. de Santeul. **Traité de l'embouchure du cheval** (Paris, 1829). Sanfourche. **Moyens** de conserver l'aplomb du cheval par la ferrure (Paris, 1818). Ens. 5 vol. in-8° et in-12, br., net. . . . . . . . . . . . 6 fr. »

693. **Formulaire** du cheval de course, par le chef d'escadron D. (Paris, 1891). Br. in-12, 1 fr., net. . . . . . . . . . . . . . 0 fr. 50

694. **FOYE (G.). Manuel** pratique du fauconnier au XIXᵉ siècle, contenant tout ce qu'il faut savoir pour dresser les faucons et autours à la chasse au vol (Paris, Pairault, 1886). Petit in-8°, br., fig., 3 fr. 50, net. . . . . . 2 fr. 75

695. **GAILLARD (Henry). Coups de fusils et coups de vents** (Paris, Didot, 1868). In-12, br., net. . . . . . . . . . . . . . 3 fr. »

696. **GARSAULT (A. de). Le nouveau parfait Marechal** où la connaissance générale et universelle du cheval divisé en six traités,

avec un dictionnaire des termes de cavalerie (Paris, Despilly, 1741). In-4°, veau, net.   8 fr.

*Rare. Quantité de planches.*

697. GAUCHET (Claude). **Le plaisir des champs** avec la vénerie, volerie et pescherie, poème en quatre chants, édition revue par P. Blanchemain (Paris, Franck, 1869). In-12, br., net. . . . . . . . . . . . . . . . . 5 fr. »

698. GERVAIS et BOULART. **Les Poissons,** synonymie, description, mœurs, frai, pêche, iconographie des espèces composant la faune française. Tome I<sup>er</sup>, **Poissons d'eau douce** (Paris, Rothschild, 1876). Gr. in-8°, br., planches en couleurs, 30 fr., net. . . . . 12 fr. »

699. GIRARD. **Traité du pied,** considéré dans les animaux domestiques (Paris, Huzard, 1836). In-8°, br., net. . . . . . . . . 3 fr. 50

700. GISLAIN. **Des conflits** entre chasseurs, fermiers et propriétaires (Namur, 1865). In-12, br., net. . . . . . . . . . . . . . 4 fr. »

701. GRENIER. **Six sujets de chasse pour 1834** (Paris, Motte). In-f° en feuilles, net.  6 fr.

702. LA BLANCHÈRE (H. de). **La Pêche aux bains de mer** (Paris, Didot). In-4°, d.-rel., chag., tr. dor. Planches, net. . . . . 4 fr. »

703. LA BLANCHÈRE (H. de). **Les Oiseaux, Gibier,** chasse, mœurs, acclimatation (Paris, Rothschild, 1876). In-4°, d.-rel., 50 fr., net. . . . . . . . . . . . . . . . . . 25 fr. »

*Illustré de 45 chromotypographies et de nombreuses vignettes.*

704. LA BRUGÈRE (De). **L'Art du Vétérinaire mis en pratique** (Paris, Bonvin et Bary). In-8°, cart., net. . . . . . . . . . . . 8 fr. »

*Le même,* br., net. . . . . . . . . 7 fr. »

705. LABRUYERRE (L.). **Les Ruses du Braconnage mises à découvert** où mémoires et instructions sur la chasse et le braconnage (Paris, Pairault, 1886). Petit in-8°, br., 6 fr., net. . . . . . . . . . . . . . . . . . 5 fr. 25

706. LAFOSSE. **Observations et découvertes** faites sur des chevaux, avec une nouvelle pratique sur la ferrure (Paris, Hochereau, 1754). Traité sur le véritable siège de la morve des chevaux et les moyens d'y remédier (Paris, 1749). Ens. 1 vol. in-8°, veau. Planches, net. . . . . . . . . . . . . . . . . . 5 fr. »

707. LA ROULIÈRE (Louis de). **Traité de la chasse du lièvre à courre en Poitou** (Paris, Pairault, 1888). Gr. in-8° en portefeuille, toile, fers spéciaux, net. . . . . . . . . . . . 40 fr. »

*75 illustrations de Gaignard.*

708. LA VALLÉE. **La Chasse à courre en France** (Paris, Hachette, 1859). In-12, d.-rel., vignettes, net. . . . . . . . . . . . . 3 fr. »

709. LENOBLE DU TEIL. **Cours théorique de dressage et d'attelage** (Paris, Berger-Levrault, 1889). In-8°, br., fig., net. . . 5 fr. »

710. LE PLAY. **La Carpe.** nouveaux procédés d'élevage et d'aménagements des étangs par le système Dubisch (Paris, 1889. Grey Drake). Traité concis et pratique sur la pêche de la truite à la mouche artificielle (Paris, 1885). Ens. 2 v. br. in-8°, net . . . . 2 fr. »

711. LIGNIVILLE. **Les Meutes et Véneries** de haut et puissant seigneur messire Jean de

Ligniville, grand veneur de Lorraine, de 1602 à 1632, avec approbation de M<sup>gr</sup> Hercule de Rohan, grand veneur de France, 1636 (Paris, Techener, 1854). Br. in-8°, net. . . . 5 fr. »

*Très rare.*

712. LONCEY (De). **L'Art de détruire les animaux malfaisants et nuisibles** (Paris, 1887). In-8°, fig., net. . . . . . . . . . . . 2 fr. 50

713. MAGAUD D'AUBUSSON. **La Fauconnerie** au moyen âge et dans les temps modernes, recherches historiques, didactiques et naturelles, accompagnées de pièces justificatives (Paris, Ghio, 1879). In-8°, br., net.  4 fr.

714. MARICOURT. **Traité et abrégé de la Chasse du lièvre et du chevreuil,** dédié au roy Louis XIII par messire René de Maricourt (Paris, Bouchard-Huzard, 1858). In-8°, br., net. . . . . . . . . . . . . . . . . . 7 fr. »

715. MONTFAUCON DE ROGLES (De). **Traité d'équitation** (Paris, Huzard, 1810). In-8°, d.-rel., planches, rare, net. . . . . . . . 6 fr. »

716. NODOT (Edmond). **La Chasse en plaine, au bois, au marais,** nouveau guide pratique du petit chasseur (Paris, 1885). In-12, br., net. . . . . . . . . . . . . . . . . . 3 fr. »

717. PAIRAULT. **Nouveau dictionnaire des chasses,** vocabulaire complet des termes de chasse, anciens et modernes, introduction par le marquis de Cherville (Paris, Pairault, 1885, in-8°, br., net. . . . . . . . . . . . 10 fr. »

718. PARENT (Ernest). **Le Livre de toutes les chasses,** dictionnaire encyclopédique du chasseur (Paris, Tanera, 1865). 2 vol., in-8°, br., net. . . . . . . . . . . . . . . . 6 fr. »

719. ROBINSON. **Conseils aux chasseurs sur le tir,** les armes, munitions et ustensiles du chasseur, la chasse en plaine et les différentes chasses des oiseaux sauvages (Paris, 1860). In-8°, br., figures, net. . . 3 fr. 50 »

720. SAVARY DE LANCOSME-BRÈVES (Comte). **De l'équitation et des haras.** Dessins par E. Giraud (Paris, Rigo, 1842). In-4°, d.-rel. chag. r. dos, orné, net . . . . . . 12 fr. »

721. SAVARY DE LANCOSME-BRÈVES (Comte). **De l'équitation et des haras** (Paris, Rigo, 1842). In-8°, br., net. . . . . . 6 fr. »

722. SCHADY. **Les Chiens de grande race défenseurs de l'homme** (Paris, 1885). Clater : Traité complet sur les maladies du chien (Paris, 1827). Alœ. Trattato completo sulle malattie de cani : (Napoli, 1847). Guide de l'amateur aux expositions de chiens, br. Ens., 3 vol. in-18 rel. et br., net . . . . . . . . . . . . . 2 fr. 50 »

723. SOLLEYSEL. **Le Parfait mareschal,** qui enseigne à connaître la beauté, la bonté et les défauts des chevaux, les signes et les causes des maladies, etc. (Liège, Broncard, 1708). 2 parties en 1 vol. in-4°, veau, pl., net.  8 fr. »

724. STIRLING-CLARKE (M<sup>me</sup> J.). **Le Chevalet et l'Amazone,** traité complet de l'équitation des dames (Paris, 1861). In-8°, cart., fig., net. . . . . . . . . . . . . . . . . . 3 fr. 50 »

725. TÉCHENEY. **Guide du chasseur devant la loi** (Paris, 1870). In-18, cart., net.  2 fr. »

726. VALLET. **A travers l'Europe,** croquis de cavalerie, préface de R. de Beauvoir (Paris,

Didot, 1893). In-4°, d.-rel. amateur, fers spéciaux. Nombreuses planches en couleurs, 35 fr. net. . . . . . . . . . . . . . . . . 20 fr. »

. 727. **Le Chic à cheval**, histoire pittoresque de l'équitation, préface de H. Lavedan (Paris,

Didot, 1891). In-4°, cartonnage spécial, 22 fr., net. . . . . . . . . . . . . . . . . 15 fr. »

728. VIAL. **Connaissance pratique du cheval** (Paris, Dupont, 1867). In-8°, cart. Figures, net . . . . . . . . . . . . . . . . 3 fr. 50

# PUBLICATIONS SATIRIQUES, FACÉTIEUSES, GAILLARDES, ILLUSTRÉES
## LA PLUPART ÉPUISÉES

729. **Après-Soupers** (Les), par l'auteur de trois dizaines de Contes Gaulois, illustrations de Henriot (Paris, Rouveyre, 1883). In-12, br., net. . . . . . . . . . . . . . 6 fr. »

730. BARRETT (Paul). **Mademoiselle Javotte**, ouvrage moral écrit par elle-même et publié par une de ses amies, suivi des amours du Comte de C*** (Bruxelles, Kistemaeckers, 1883). In-12, br., net. . . . . . . . 5 fr. »
Illustré de 64 dessins de A. Lynen.

731. BEAUFORT D'AUBERVAL. **Contes érotico-philosophiques**, illustrations d'Amédée de Lynen (Bruxelles, Kistemaeckers, 1882). In-8°, br., 20 fr., net. . . . . . . . 12 fr. »
Annexe aux contes érotico-philosophiques de Beaufort d'Auberval, contenant ses épîtres libérales en vers ou satires à Mes Souliers, Aux Arts, à Rien. *Bruxelles, Kistemaeckers*, 1883, br. in-8°, net. . . . . . . 2 fr.

732. **Bijoux** des neuf sœurs, illustrations de Cortazzo. 1 joli vol. in-12, cart., au lieu de 25 fr., net. . . . . . . . . . . . . . 10 fr. »
Réimpression des meilleurs contes du XVIII° siècle.

*Le même*, br., net. . . . . . . . . 7 fr. »

733 BONNEAU (Alcide). **Curiosa**, essai critique de littérature ancienne ignorée ou mal connue (Paris, Liseux, 1887). Net. . . 5 fr. »

734. BOREL (Petrus). **Champavert**, contes immoraux (Bruxelles, Blanche, 1872). In-8°, cart. . . . . . . . . . . . . . . 15 fr. »
Exemplaire en bon état.

735. **Madame Putiphar**, seconde édition, conforme à l'édition de 1839, préface par J. Claretie. (Paris, Willem, 1872). 2 vol. in-8°, d.-rel. amateur maroq., d. orné, n. rog., vign., net 20 fr. »
*Le même*, d.-rel. chag., net. . . . 12 fr. »

736. CABROL (Elie). **Comédies.** Le Coucher de la Mariée, les Hasards de l'Escarpolette, l'Arrivée de l'Infante (Paris, 1873). In-8° d.-rel. amateur, maroquin bleu, n. rog., net 12 fr. »
Dessins de d'Hurcelles, gravés à l'eau-forte par Ch. Courtry, épreuves avant lettre. Exemplaire numéroté.

737. CADOL (Edouard). **Le Cheveu du Diable**, voyage fantastique au Japon, illustrations de Wogel, Myrbach Willette, etc. (Paris, Monnier). In-8°, cart., net. . . . . . . . . 4 fr. 50

738. CHAMPSAUR (Félicien). **Les Bohémiens**, ballet lyrique (Paris, Dentu 1887). In-8°, br., couverture illustrée par Chéret, dessins et portrait par Rops, Chéret, Grévin, Lunel, Van Beers, Willette, net. . . . . . . . . . 3 fr. »

739. CLADEL (Léon). **Petits cahiers** (Paris, Monnier, 1885). In-8° cart., n. rog., illustrat. de Gambard, net . . . . . . . . . 3 fr. 50

740. **Contes grivois du XVIII° siècle**, à savoir: Parapilla, Les Dévirgineurs, Ver-Vert, M. Alphonse, Les trois manières, Les Cerises, etc. Bruxelles. In-12, rel. amateur, net. . . 7 fr. »

741. CRÉBILLON (fils). **Le Sopha**, conte moral, d'après les copies de l'édition de Londres 1774 (Bruxelles, 1881). In-12 br. Eau-forte de Hanriot, net. . . . . . . . . . . . . 5 fr. »
Ouvrage galant.

742. CUISIN. **Les Femmes entretenues** dévoilées dans leurs fourberies galantes ou le fléau des familles et des fortunes (Bruxelles, 1883). In-12, d.-rel. veau, net . . . . . . . . 6 fr. »

743. D'ARGENS (Marquis). **Les Nonnes galantes** ou l'amour embéguiné (Bruxelles 1882). In-12, d.-rel., frontispice., net . . . . 5 fr. »

744. DEMESSE. **Les Récits du père Lalouette** (Paris, Ollendorff, 1882). In-4°, d.-rel. Illustrations de Giacomelli, Lançon, M. Leloir. Ed. Morin, H. Pille, Vierge, etc., net . . 7 fr. »

745. DEVAUX-MOUSK (P.). **Fleurs du persil**, illustrations de Galice. (Paris, Monnier, 1887). In-8° cart., encadrements à chaque page, au lieu de 25 fr., net. . . . . . . . . 10 fr. »
*Le même*, br., net. . . . . . . . . 8 fr. »

746. DIDEROT. **La Religieuse** (France et Belgique, 1874). In-18, d.-rel. amat., net 4 fr. »

747. DUCROS (Emmanuel). **Reliques d'amour**, poème moderne (Paris, Lemerre, 1886). Gr. in-8° cart. Jolies illustrat., 10 fr., net. 6 fr. »

748. **L'Enfer** de la mère Cardine, traictant de la cruelle bataille qui fut aux enfers entre les diables et les maquerelles de Paris, aux nopces du portier Cerberus et de Cardine, qu'elles voulaient faire royne d'enfer et qui fut celle d'entr'elles qui donna le conseil de la trahison, etc. Outre plus est adioustée vne chanson de certaines bourgeoises de Paris, qui, faignant d'aller en voyage, furent surprises au logis d'une maquerelle, à S. G. des Prez (attribué à Flamino de Birague, gentilhomme ordinaire de la chambre de François Ier et petit cousin du cardinal de ce nom (S. L. 1597). In-8° d.-rel. mar. rou., coins, tête dor., n. rog., net. 40 fr. »
Très rare.
Facétie réimprimée par Didot, en 1793, sur papier vélin et tirée seulement à 108 exemplaires. Celui-ci contient une seconde pièce intitulée : *Déploration et complainte de la Mère Cardine de Paris.* pages 41 à 55.
*L'Enfer de la Mère Cardine* est un poème satyrique dans lequel l'auteur cherche à ridiculiser les courtisanes les plus connues de son temps.

749. ÉTINCELLE. **Carnet d'un mondain** (Paris, 1881-82). 2 vol. pet. in-8° br. Nombreux dessins, 15 fr., net . . . . . . . . . . . 6 fr. »

750. FALAISE (Jean de). **Derniers contes** (Paris, Poulet-Malassis, 1860). In-12 d.-rel. mar. vert, dos orné, n. rog., net . . . 12 fr. »
Épuisé et rare. Eau-forte de J. Buisson.

751. GINISTY (Paul). **La Seconde nuit.** Roman bouffe, préface d'Armand Silvestre et 66 illustrations de Henriot (Bruxelles, Brancart, 1884). In-8° cart., net. . . . . . . . . 5 fr. »

752. HANNON (Théodore). **Au Pays du Man-neken-Pis**, études modernistes, avec 43 dessins, par A. Lynen (Bruxelles, Kistemaeckers, 1883). In-8°, br., 10 fr., net . . . . . . . . . 5 fr. »

753. **Histoires débraillées**, illustrées par de joyeux artistes (Paris, Monnier, 1884). In-8° br., net . . . . . . . . . . . . . . . . 5 fr. »
Rare.

754. HUERNE DE LA MOTHE. **Histoire nouvelle de Margot des pelotons** où la galan-terie naturelle (Genève, 1775). In-8°, veau marb., net . . . . . . . . . . . . . . . 25 fr. »
Bel exemplaire de cet ouvrage facétieux, rare aujour-d'hui.

*Le même* (Bruxelles, 1883). In-12 broché, net . . . . . . . . . . . . . . . . 4 fr. »

755. LA CAYORNE (R. P.). **Les Joyeusetés** (Paris, Lemonnyer, 1882). In-8° br., frontispice de H. Somm., net . . . . . . . . . . 2 fr. »

756. LASSALLE. **L'Hôtel des Haricots**, Mai-son d'arrêt de la garde nationale de Paris, 70 des-sins par Edmond Morin (Paris, Dentu). In-8° rel. amateur, net . . . . . . . . . . 8 fr. »

757. LEAR (Fanny). **Le Roman d'une Amé-ricaine en Russie**, accompagné de lettres ori-ginales (Bruxelles, Lacroix, 1875). In-12, d.-rel. chagrin vert, dos orné, tête dorée, non rog., net . . . . . . . . . . . . . . . . 15 fr. »
Fanny Lear, pseudonyme de miss Blackford, aventu-rière américaine, connue par le scandale qu'ont causé ses relations avec un personnage princier de Saint-Pétersbourg et expulsée de Russie par ordre du Czar.

758. LEBRUN. **Confessions de Courtisanes** avec la remise moyennant argent de leurs péchés incestes, selon le tarif du pape Léon XXII (Bruxelles, Joostens, s. d.). Petit in-18 cart., net . . . . . . . . . . . . . . . 4 fr. »

759. LEDRU. **Les Maris célèbres** anciens et modernes. Esquisses historiques de leurs mésa-ventures conjugales (Paris, l'an d'Adam, pre-mier mari célèbre, 6868). In-12 rel. amateur, net . . . . . . . . . . . . . . . . 5 fr. »

760. LEMONNIER (Camille). **Les Concubins, la Glèbe, un Pèlerinage, les Pidoux et les Co-lasses** (Paris, Monnier, 1886). In-8° cart., n. rog., net . . . . . . . . . . . . . . 3 fr. 50
Illustrations de F. Fau.

761. LEROUX. **Dictionnaire comique**, saty-rique, critique, burlesque, libre et proverbial (Lion, Beringos, 1752). In-8° veau, net. 3 fr. 50

762. LE ROUX (Hugues). **Médéric et Lisée** (Paris, Lévy, 1887). In-8° cart., 80 dessins de H. Dillon, net . . . . . . . . . . . . 4 fr. »

763. LESAGE. **Le Diable boiteux**, seconde édition (Paris, Barbin, 1707). In-12, mar. r. jans. dent. int., tr. dor., net . . . . . . . 20 fr. »

764. LIBER (Jules). **Les Pantagruéliques**, contes du pays rémois, lettre-préface de J. Janin (Paris, 1883). Pet. in-8°. Illustrations de Mesplès, 12 fr., net . . . . . . . . . . . . . . 5 fr. »

765. MARTEL (Tancrède). **Les folles ballades** (Paris, Quantin, 1879). In-4° br., papier teinté, net . . . . . . . . . . . . . . . . 5 fr. »
*Le même*, papier de Chine, net . . . 8 fr. »

766. MASSIMI (Pacifico). **Pacte d'Ascoli**, XV⁰ siècle, Hecatelegium ou les Cent élégies satyriques et gaillardes. Imprimé à 125 exem-plaires pour I. Liseux (1885). In-8° cart., 75 fr., net . . . . . . . . . . . . . . . . 30 fr. »

767. **Mémoires d'une femme de chambre**, écrits par elle-même en 1786 (Bruxelles, 1883). In-12 cart., net . . . . . . . . . . . 4 fr. »

768. MERY. **Les Vierges de Lesbos**, poème antique, dessins par L. Hamon, photographiés par Bertsch et Arnaud (Paris, G. Bell). In-4°, d.-rel. chagrin vert, 20 fr., net . . . . 6 fr. »

769. MONNIER (Antoine). **Ève et ses incar-nations**, sonnets et eaux-fortes, préface par T. Révillon et prologue par P. Blanchemain (Paris, Willem, 1878). In-8° cart., net 5 fr. »

770. MONNIER (Henry). **Les bas-fonds de la Société** (Paris, Claye, 1862). In-8° cart., n. rog., net . . . . . . . . . . . . . . 125 fr. »
Exemplaire unique, contenant 9 dessins originaux à l'aquarelle de Coindre et le frontispice de Rops, sur Japon en quadruple état.

771. MONTET (J.) **Hors des murs** (Paris, Ducher, 1889). In-8° cart, net . . . . . 3 fr. 50
Illustrations de Régamey.

772. MONTIFAUD (Marc de). **Les Triomphes de l'Abbaye des Conards**, avec une notice sur la fête des fous (Paris, Lacroix, 1877). In-12, d.-rel. amat. maroq. Laval., dos orné, n. rog. net . . . . . . . . . . . . . . . . 6 fr. »

773. **Les Vestales de l'Église** (Bruxelles, 1881). 1 vol. in-12 broché, net . . . . 4 fr. »
*Le même*, d.-rel., net . . . . . . . 5 fr. »

774. MORET (C. de). **Le Cheveu**, conte moral, réimpression de l'édition de 1808, des-sins galants de A. Lynen (Bruxelles, 1883), d.-rel. chag., net . . . . . . . . . . . 5 fr. »
*Le même*, br., net . . . . . . . . 4 fr. »

775. NERCIAT. **Contes nouveaux** (Liége, 1777). In-8°, dem.-rel. n. rog., net. 10 fr. »
Bel exemplaire d'un livre curieux et facétieux.

776. **Parnassiculet** (Le) contemporain, re-cueil de vers nouveaux, précédé de l'*Hôtel du Dragon bleu*, et orné d'une étrange eau-forte (Paris, Lemer, 1872). Plaq. in-12, br. *Rare.* Net . . . . . . . . . . . . . . . . 4 fr. »

777. PIGAULT-LEBRUN. **Le Citateur** (Bruxelles, 1879). Pet. in-8°, dem.-rel. amat., net . . . . . . . . . . . . . . . . 5 fr. »

778. POGGE. **Les Facéties de Poge Florentin**, traitant de plusieurs nouvelles choses morales, traduction française de Guillaume Tardif, du Puy en Velay, réimprimée pour la première fois sur les éditions gothiques, avec une préface et des notes par A. de Montaiglon (Paris, Willem, 1878). In-8°, d.-rel. amat. mar. rouge antique, dos orné, n. rogné, net . . 30 fr. »
Épuisé et rare. Exemplaire numéroté, sur papier de Chine.

779. SAINT-MOR (Guy de). **Péchés mortels.** (Paris, Monnier, 1884). In-8° cart., n. rogné, net . . . . . . . . . . . . . . . . 3 fr. 50
Illustrations de Bac, A. Marie, Rochegrosse, Roy, etc.

780. **Satyres chrestiennes de la cuisine pa-papale** (Imprimé pour Conrad Badius, avec privilège, 1560). In-8°, d.-rel. mar. rouge, coin, tête dor., n. rogné, net . . . . . . . 12 fr. »
Figure sur bois sur le titre, réimpression faite à Genève par J.-G. Fick, en 1857.

781. SAUVENIÈRE (A. de). **Piments rouges** (Paris, Piaget, 1887). In-8° cart. Illustrations de Lunel et Steinlen. Net . . . . . . . . 4 fr.  »

782. SCHOLL (Aurélien). **Les Fables de La Fontaine** filtrées (Paris, Dentu, 1886). In-8° br. Papier de Hollande, illustrations de Grivaz. Net. . . . . . . . . . . . . . . 4 fr.  »

783. **Sérails de Paris (Les)** ou Vies et Portraits des Dames Paris, Gourdan, Montigny et autres apparcilleuses (Bruxelles, Kistemaeckers). In-12 br., net. . . . . . . . . 5 fr.  »

784. SILVESTRE (Armand). **Rose de Mai,** roman inédit, 100 dessins de Courboin (Paris, 1880). In-8°, d.-rel. chag., tête dor., net. 4 fr.  »

785. SOLVAY. **Belle Maman.** Drame de famille suivi des merveilles de la science avec les dessins symboliques de F. Khnopff (Bruxelles, 1884). In-8° br., net. . . . . . . . . . 4 fr.  »

786. **Souvenirs d'une Cocodette,** écrits par elle-même (Leipzig, 1878). Pet. in-8°, cart., net. . . . . . . . . . . . . . 5 fr.  »

787. SPATANTIGARUDE. **Vieux Conte nouveau** (Paris, Cailleau, 1785). In-8° cart., non rog., net. . . . . . . . . . . . . . 6 fr.  »

788. SWIFT. **Opuscules humoristiques,** traduits pour la première fois par L. de Wailly. (Paris, Poulet-Malassis, 1859). In-12, d.-rel. chag., tr. peig., net. . . . . . . . . . 5 fr.  »

789. **Tableau (Le) des piperies des femmes mondaines** où plusieurs histoires se voyent les ruses et artifices dont elles se servent, 1633, avec une notice par P. Lacroix (Paris, 1879). Petit in-8° cart., net. . . . . . . . . . 4 fr.  »

— *Le même,* br., net . . . . . . . 3 fr.  »

790. TALMEYR (Maurice). **Histoires joyeuses et funèbres.** Illustrations de F. Lunel (Paris, 1886). In-8° br., net. . . . . . 2 fr. 50

791. TESTARD (Émile). **Jambes folles.** Préface par A. Houssaye, illustrat. de J. Roy (Paris, 1886). In-8° cart., net . . . . . 5 fr.  »

792. UZANNE. **Les Surprises du cœur** (Paris, Rouveyre, 1881). Petit in-8° br. Frontispice. 6 fr., net. . . . . . . . . . . 3 fr.  »

793. VIOLETTE. **L'Art de la Toilette chez la femme,** bréviaire de la vie élégante (Paris, Dentu, 1885). In-8°, cart., grav., net. 5 fr.  »

## LITTÉRATURE, BEAUX-ARTS, SCIENCES, VOYAGES, ETC.

794. ABOUT (Edmond). **L'Homme à l'oreille cassée.** Édition illustrée de 61 compositions de E. Courboin (Paris, Hachette, 1884). Gr. in-8° broché., net. . . . . . . . . . . . . 4 fr.  »

795. ADAMS. **Décorations intérieures et meubles des époques Louis XIII et Louis XIV,** reproduits d'après les compositions de Crispin de Passe, Paul Vredeman de Vries, Sébastien Serluis, Berain, J. Marot de Bross, etc. (Paris, Morel, 1865). In-fol. monté sur onglets, d.-rel., 100 fr., net. . . . . . . . . . . . . 40 fr.  »

796. ADAM (Mᵐᵉ Edmond). **Récits d'une Paysanne,** avec des illustrations de Fraipont. (Paris, Lemonnyer, 1885). 1 vol. in-8° broché (bon état), net. . . . . . . . . . . . . 7 fr.  »

Épuisé. Rare.

797. ADAM (Mᵐᵉ Juliette Lamber). **La Chanson des Nouveaux Époux** (Paris, Conquet, 1882). In-fol. br., net . . . . . . . . . . . . 150 fr.

Épuisé.
Exemplaire sur papier du Japon, n° 23, avec les eaux-fortes en deux états, avant la lettre et avec la lettre, publication de grand luxe à laquelle ont coopéré les artistes suivants : B. Constant, E. Detaille, G. Doré, J.-P. Laurens, Yon, etc.

798. AIMÉ-MARTIN. **Lettres à Sophie** sur la physique, la chimie et l'histoire naturelle (Paris, Gosselin, 1825). 4 vol. pet. in-18, veau, fers à froid, reliure du temps, net. . . 6 fr.  »

Figures.

799. **Album de la Galerie Bruyas** (Musée de Montpellier), 30 sujets choisis, lithographiés par J. Laurens (Paris, 1875). 30 planches en 1 vol. in-fol. en portefeuille, net . . 25 fr.  »

800. **Album de Lithographies.** Rouen, Puy-de-Dôme, Strasbourg, etc., etc. 1 album oblong cart., net . . . . . . . . . . . . 4 fr.  »

801. **Album de la Marmite** (Paris, Baschet, 1880). Gr. in-8°, d.-rel. chag. rouge, n. rog., net . . . . . . . . . . . . . . . . 7 fr.  »

Nombreuses planches, reproduction des tableaux de Boetzel, Berne-Bellecour, L. Couturier, Frappa, Guillaumet, L. Loir, etc.

802. **Album de l'ornementation pratique,** choix de motifs modernes extérieurs et intérieurs par une réunion d'ornemanistes et de sculpteurs (Paris, Ducher, 1874). 2 portefeuilles in-fol., net . . . . . . . . . . . . . 30 fr.  »

803. **Almanach de Gotha** (1872, 1874, 1876, 1878, 1880, 1882, 1884, 1887, 1888, 1893). L'année, 1 vol. in-18, net . . . . . . 2 fr. 50

804. **Almanach des Muses** (1765, 1767, 1769, 1771, 1773, 1775, 1776, 1777, 1781, 1782, 1783, 1784, 1787, 1790, 1802). (Paris, Delalain). Chaque année, 1 vol. in-18, veau, net . . 1 fr. 50
1785, broché, net. . . . . . . . . 3 fr.  »

805. **Almanach des Spectacles,** 1876 et 1877. Chaque année, d.-rel. amat. maroq. vert, n. rog., eaux-fortes, net. . . . . . . . . . . 5 fr.  »

806. ALPHAND. **Les Promenades de Paris,** bois de Boulogne, bois de Vincennes, parcs, squares et jardins (Paris, Rothschild, 1870). In-fol. en portefeuille, 500 fr., net. 150 fr.  »

Il manque les feuilles 41 et 42.

807. **Alpes et glaciers de la Suisse,** comprenant 73 vues pittoresques gravées sur acier par Huber, et texte trad. de l'allemand de Osengrüggen, par Girard (Bâle, Krüsi). In-4° cart., fers spéciaux, 35 fr., net. . . . . . . . 15 fr.  »

808. **Amérique.** Histoire des tremblements de terre arrivés à Lima, capitale du Pérou, et autres lieux, avec la description du Pérou (La Haye, 1752). In-12 veau, net. . . . . . 7 fr.  »

Cartes et figures, sur le titre les cachets de la bibliothèque du roi au Palais-Royal et du château d'Eu.

809. **ANQUETIL et NORVINS. Histoire de France** jusqu'à la Révolution de 1848 (Paris, Furne, 1853-56). 5 vol. gr. in-8°, br., nombreuses planches, net. . . . . . . . . . . . . 15 fr. »

810. **ARIOSTE. Satire de Lodovico Ariosto** (Pisa, della tipographia della Societa letteraria, 1809). In-fol. cart., n. rog., net. . . . 5 fr. »

*Exemplaire sur papier bleu. Rare.*

811. **ARISTOPHANE. Comediæ Undecim**, gr. et lat. ex codd. mss. emendatæ : cum scholiis antiquis, inter quæ scholia in Lysistratam ex cod. Vossiano nunc primum in lucem prodeunt. (Amstelodami, Luchmans, 1710). In-fol. parchemin, armoiries, net. . . . . . 20 fr. »

*Bel exemplaire, bonne édition, recommandée pour ses notes savantes.*

812. **ARMENGAUD. Les Chefs-d'œuvre de l'Art chrétien** (Paris, Lahure, 1858). In-4° cart., tr. dor., net. . . . . . . . . . . . . . 25 fr. »

813. **ARNAULT. Fables** (Paris, 1812). In-12, bas., filets, planche, net . . . . . . . 4 fr. »

*On a ajouté à cet exemplaire Le Rat et le Vaisseau, 3 pages manuscrites, probablement du même auteur.*

814. **Art (L')** (Paris, Rouam, 1890, 1891, 1892, 1893). Chaque année 2 vol. in-fol., avec de nombreuses planches; reproduction des tableaux des principaux maîtres anciens et modernes, eau-forte, net. . . . . . . . . 60 fr. »

815. **Art (L') pour tous** (Paris, 1re année, 1861 à 1872, 11 années. In-fol., cart., les 4 dernières en livraisons, net. . . . . . . 60 fr. »

816. **Artiste (L')**, revue de Paris, histoire de l'art contemporain (années 1869 et 1875), en livraison, chaque, net. . . . . . . . . 12 fr. »

817. **AUBIGNÉ (Agrippa d'). Les Aventures du baron de Fœneste** (Au Dezert, 1630). In-12, veau fauve, net . . . . . . . . . . . . 8 fr. »

*Aux armes de Robert de Caze, fermier général, directeur des postes.*

818. **Aucassin et Nicolette**, chantefable du XIIe siècle, traduit par A. Bida, revision du texte original et préface par G. Paris (Paris, Hachette, 1878). Gr. in-8°, d.-rel. maroq. Laval., coins, tête dor., non rogn., eaux-fortes, épuisé, net. . . . . . . . . . . . . . . . . 25 fr. »

*Le même*, pap. de Chine, br., net. 30 fr. »

819. **AUDÉ (Bibliophile). Dissertation sur les idées morales des Grecs et sur le danger de lire Platon** (Rouen, Lemonnyer, 1879). Plaq., in-12, net. . . . . . . . . . . . . . . 2 fr. »

820. **Aventures de Til Ulespiègle**, première traduction complète faite sur l'original allemand de 1519, notice et notes par P. Jannet (Paris, Picard, 1866). In-12, cart. n. rogné. Papier de Chine, net. . . . . . . . . . . . . 10 fr. »

821. **BACHET. Sieur de Méziriac. Problèmes plaisants et délectables qui se font par les nombres** (Paris, Gauthier-Villars, 1879). In-8°, br., net. . . . . . . . . . . . . . . . . 3 fr. 50

822. **BAILLY. Histoire de l'Astronomie ancienne**, depuis son origine jusqu'à l'établissement de l'école d'Alexandre (Paris, Debure, 1781). 2 vol. in-4°, cart., net . . . . . . . . 12 fr. »

*Ouvrage rare et recherché.*

823. **BALDUS. Les Monuments principaux de la France**, reproduits en héliogravure (Paris, Morel, 1875). 10 planches en 1 portefeuille, in-fol., 180 fr., net. . . . . . . . . . . 90 fr. »

824. **BALZAC. La Cousine Bette**, 10 compositions par G. Caïn, gravées à l'eau-forte par Gaujean et Gery-Bichard. 1 beau volume in-8°, d.-rel. mar. Laval., tête dor., n. rog., 25 fr., net. 15 fr. »

825. **— Œuvres complètes** (Paris, Houssiaux). 20 vol. in-8°, d.-rel. chag., gravures, bonne reliure, net . . . . . . . . . . 100 fr.

826. **BARBEY D'AUREVILLY. Gœthe et Diderot** (Paris, Dentu, 1880). In-12, br., net. 3 fr. 50

*Édition originale.*

827. **BARBOU (Alfred). La Vie de Victor Hugo. Vicor Hugo et son temps** (Paris, Charpentier, 1886). Gr. in-8°, d.-rel. chag., 10 fr., net, 5 fr. »

828. **BARON. Le Théâtre de M. Baron** (Paris, 1759). 3 vol. in-18, veau, net. 3 fr. 50

829. **BARTHÉLEMY. Némésis** (Paris, Perrotin, 1835). 2 vol. in-8°, d.-rel., net. . 10 fr. »

*Illustré de 45 figures, d'après les dessins de Raffet.*

830. **— Voyage du jeune Anacharsis en Grèce** (Paris, 1788). 4 vol. in-4°, veau, net, 15 fr. »

831. *Le même* (Paris, Didot, 1799). 7 vol. gr. in-4° et atlas, basane, filets, dos orné, net, 50 fr. »

*Superbe exemplaire.*

832. **BASTIDE. Le Dépit et le Voyage**, poème avec des notes, suivi des lettres vénitiennes (Paris, Costard, 1771). In-8°, cart., net, 15 fr. »

*6 jolies figures de Desrais, gravées par Chatelain et Saillard, épreuves avant lettre.*
*Exemplaire grand de marges avec de nombreux témoins.*

833. **BAUDELAIRE (Charles). Œuvres posthumes et Correspondantes inédites**, précédées d'une étude biographique par E. Crepet (Paris, 1887). In-8°, cart., portrait, net. . . . 6 fr. »

834. **BAUDRY (L'Abbé) et BALLEREAU. Puits funéraires gallo-romains du Bernard (Vendée)** (La Roche-sur-Yon, 1873). Gr. in-8°, d.-rel. amateur, maroq., dos orné, non rogné, figures, net. . . . . . . . . . . . . . 15 fr. »

835. **BEAUMARCHAIS. Œuvres complètes**, édition augmentée de quatre pièces de théâtre et de divers documents inédits, introduction par E. Fournier (Paris, Laplace, 1876). Gr. in-8° en feuilles, portrait, net. . . . . . . . 15 fr. »

*Exemplaire sur papier de Hollande avec une double suite de gravures en noir et en couleurs.*

836. **BEDOS DE CELLES. L'Art du Facteur d'orgues** (Paris, de l'imprimerie de Delatour, 1766). 1re partie, in-fol., veau, net. . . 10 fr. »

*Ouvrage curieux pour les 52 magnifiques planches qu'il renferme.*

837. **BELLIN. Description de la Guyane**, contenant les possessions et établissements des Français, des Espagnols, des Portugais, des Hollandais (Paris, 1763). In-4°, v., cartes. 7 fr.

838. **BENSERADE. Poésies**, publiées par O. Uzanne (Paris, 1875). Pet. in-8°, br., eaux-fortes, épuisé, net . . . . . . . . . . 10 fr. »

839. BÉRANGER. **Œuvres anciennes** (1815-1833), édition revue par l'auteur avec les 10 chansons publiées en 1847 (Paris, Perrotin, 1860). 2 vol. in-8°, cart., net . . . . . 6 fr. »

840. BERNIS (Cardinal). **Œuvres** (Paris, stéréotype d'Herhan, 1803). 2 vol. in-12, cart., non rog., net . . . . . . . . . . . . . 4 fr. »

841. BERTALL. **La Vie hors de chez soi.** L'Hiver — le Printemps — l'Eté — l'Automne, études au crayon et à la plume (Paris, Plon, 1876). Gr. in-8°, br., 20 fr., net . . . 10 fr. »

842. BÈZE (Th. de). **Le Passavant,** épître de Maître Benoît Passavant à Messire Pierre Lizet. Trad. par I. Liseux (Paris, Liseux, 1875). In-12, d.-rel. amateur, net . . . . . . . . . 7 fr. »

843. BIARNEZ. **Les Grands Vins de Bordeaux,** poème, précédés d'une leçon du professeur Babruis, intitulée : De l'inuflence du Vin sur la Civilisation (Paris, Plon, 1849). In-8°, d.-rel., chag., figures, net . . . . . . 6 fr. »

844. **Biographie universelle,** ancienne et moderne ou histoire, par ordre alphabétique, de la vie publique et privée de tous les hommes qui qui se sont fait remarquer par leurs écrits, actions, talents, vertus, etc. (Paris, Michaud, 1811). 52 vol. in-8°, d.-rel. fatiguée, net. 35 fr. »

845. BILDERBECKE (Baron de). **Cyane,** ou les Jeux du Destin, roman grec (Neuwied et Strasbourg, 1790). In-8°, d.-rel., entièrement non rogné, net . . . . . . . . . . . . 5 fr. »
Illustré d'un frontispice et de 3 jolis culs-de-lampe non signés.

846. BLANC (Charles). **Histoire des Peintres.** École Flamande (Paris, 1864). In-fol., d.-rel., 345 gravures, net. . . . . . . . . . . 18 fr. »

847. — **Histoire des Peintres.** École Hollandaise (Paris, 1863). 2 vol. in-fol., d.-rel., 645 gravures, 50 fr., net. . . . . . . . . . 30 fr. »

848. — **L'Œuvre de Rembrandt,** décrit et commenté, catalogue raisonné de toutes les estampes du maître et de ses peintures, orné de bois gravés, de 42 eaux-fortes de Flameng et de 35 héliogravures d'Amand Durand (Paris, Lévy, 1873). 2 vol. in-fol., très bonne demi-rel., 200 fr., net . . . . . . . . . . . . . 100 fr. »

849. BLANCHARD. **Le Buffon de la Jeunesse,** zoologie, botanique, minéralogie, revu par Chenu (Paris, Belin Le Prieur). Gr. in-8°, cart., 100 planches, net. . . . . . . . 6 fr. »

850. BŒTZEL. **Les Artistes modernes.** Souvenirs du Salon de 1878, série d'eaux-fortes par les artistes eux-mêmes, net . . . . . 10 fr. »

851. BOILEAU-DESPRÉAUX. **Œuvres** (Paris, 1793). 6 vol. in-16, veau, net. 5 fr. »

852. BOISARD. **Fables,** seconde édition, s. l. (Paris, 1777). 2 vol. in-8°, veau, filets, dos orné, net. . . . . . . . . . . . . . 25 fr. »
Exemplaire grand de marges, illustré de 2 fleurons sur les titres, 9 figures et 2 culs-de-lampe par Monnet, gravés par Saint-Aubin et E. Schmitz.

853. BONIVARD (François). **Advis et Devis** de la source de l'idolatrie et tyrannie papale, par quelle practique et finesse les papes sont en si haut degré montez (Genève, chez J. Piek, 1856). In-8°, d.-rel., mar. rou., coins, tête dor., n. rog., net. . . . . . . . . . . . 12 fr. »
Portraits sur bois.

854. BOSSE (Dr Antonin). **Traité des plantes médicinales indigènes,** descriptions, propriétés, usages, récolte, préparations et indications thérapeutiques, précédé d'un cours élémentaire de botanique (Paris, 1872). 1 vol. de texte et 1 vol. de planches en couleurs. Ens. 2 vol. d.-rel., net. 8 fr. »

855. BOUCHOT (Henri). **Les Femmes de Brantôme** (Paris, Quantin, 1890). In-4°, br., 20 fr., net. . . . . . . . . . . . . . 10 fr. »
Illustré de 30 planches hors texte en phototypie et de nombreuses vignettes dans le texte reproduites d'après les originaux.

856. BOUDANT (L'Abbé). **Histoire de Chantelle** (Moulins, Desrosiers, 1862). Portrait et vues, in-4°, d.-rel., 20 fr., net. . . . 10 fr. »

857. BOUFFLERS (De). **Œuvres** (Paris, Barba, 1828). 2 tomes en 1 vol., in-8°, d.-rel., v., beau portrait, net. . . . . . . . . . . . . 4 fr. »

858. BOURDALOUE. **Œuvres** (Paris, Didot, 1877). 3 vol. gr. in-8°, d.-rel., chag., épuisé, net. 18 fr. »

859. BRANTOME. **Les Vies des Dames galantes,** tirées des mémoires de Messire P. de Bourdeilles, seigneur de Brantôme, d'après l'édition originale de 1666, augmentées de notes et notice par E. Vignon (Paris, Arnaud, 1879). 3 vol. in-8°, br., net . . . . . . . . . 30 fr. »
Exemplaire numéroté sur papier de Chine avec les gravures en double état, avec et avant lettre, gravées par Champollion d'après H. Pille.

860. BRETIN (l'Abbé Claude). **Contes** en vers et quelques pièces fugitives (Paris, Gueffier et Knapen, 1797). 5 jolies figures dessinées et gravées par Legrand, annoncé 30 à 40 fr. au guide Cohen. — Contes en vers par M. D. (Amsterdam, 1783). Ens., 1 vol. p. in-8°, cart., nombreux témoins, net . . . . . . . 15 fr. »

861. BRILLAT-SAVARIN. **Physiologie du goût,** avec une préface par Ch. Monselet (Paris, Jouaust, 1879). 2 vol. in-12, br., net. 60 fr. »
Très rare. Portrait et eaux-fortes de Lalauze.

862. BRISPOT. **La Vie de N.-S. Jésus-Christ,** écrite par les quatre évangélistes, coordonnée, expliquée et développée par les Saints-Pères, docteurs, etc. (Paris, Plon). 2 vol. in-fol., d.-rel., chag. vert., br., dor., net . . . 20 fr. »
Nombreuses planches hors texte.

863. BRUANT (Aristide.) **Le Mirliton,** 100 premiers numéros, dessins de Steinlen, très rare, net. . . . . . . . . . . . . . 40 fr. »

864. BRUCKRI (Jacobi). **Historia critica philosophiæ** (Lipsiæ, 1766-67). 6 vol., in-4°, d.-rel., bas., net . . . . . . . . . . . 50 fr. »
Bel exemplaire d'un livre rare.

865. BRUNO (Jean). **Les Empaillés,** grand roman comique, illustré par Bertall (Paris, Madre. 1872). Gr. in-8°, d.-rel., net. . . . 4 fr. »
Nombreuses caricatures.

866. BUFFON et LACÉPÈDE. **Œuvres** (Paris, Furne). 8 vol., gr. in-8°, d.-rel., chag. Bon exemp., quantité de figures coloriées, 150 fr., net. . . . . . . . . . . . . . . . . . 60 fr. »

867. *Le même.* **Histoire naturelle.** (Aux deux Ponts, 1787). 54 vol., petit in-12, veau, nombr. fig., net. . . . . . . . . . . . . . 30 fr. »

868. BURTY (Ph.). **Lettres d'Eugène Dela-**

croix, 1815-1863, avec fac-similé de lettres autographes, de croquis et de palettes (Paris, Quantin, 1878). In-8°, br., 10 fr., net . . . 4 fr. 50
*Le même*, cartonné, 15 fr., net. . 6 fr. »

869. **Bulletin** de la Société de l'histoire de Paris et de l'île de France (Paris, 1874 à 1885). 12 années en 4 volumes in-8°, d.-rel., chag., net. . . . . . . . . . . . . . . . . 18 fr.

870. BUSSY-RABUTIN. **Histoire amoureuse des Gaules** (Paris, Mame, 1829). 3 vol., in-8°, d.-rel., net. . . . . . . . . . . . . . 6 fr. »

871. CABROL. **La première absence**, lettres en vers, avril à octobre 185* (Paris, 1872). In-8°, d.-rel. amat., maroq. bleu, n. rog., net. 12 fr.
Illustré de 12 eaux-fortes d'après d'Hurcelles, épreuves avant lettre, exemplaire numéroté.

872. **Calligraphie.** Maîtres du XVIII° siècle. Exemples autogr., quelques-uns signés de Bazin, Bernard, Guillaume-Montfort, Gauteron, Dubreuilh, Vignères, Saintomer, de Grailly père (dessin à la plume), sur papier et parchemin, en 1 vol. in-fol., cart., net . . . . . . 20 fr. »
Recueil de pièces bien conservées dont un certain nombre sont rares.

873. CALLOT (Jacques). **Caprices de différentes figures,** Balli di Sfessania di Jacomo Callot, 26 pièces, titre compris. Capitano de Baroni (Gueux ou Mendiants), Van hec excudit, 24 pièces. Les Bohémiens, suite de 4 estampes non chiffrées, épreuves avec le nom de Callot sur chaque pièce. La Grande passion, exemplaire chiffré de 1 à 8, à cause de l'addition de la pièce représentant Jésus au jardin des Oliviers. Ens. 1 album, in-4°, obl., br., très rare en cet état, net. . . . . . . . . . . . . . . 50 fr. »
Cachet sur le premier feuillet.

874. CARBONARI (Société des). **Statuts des** B. C. C. de la vente succursale de la Serre, adoptés par le conseil dans la réunion du 3 fév. 1822. Vente du bois des Rufipes, manuscrit de 48 feuillets in-8°, en 1 vol., cart., net. 60 fr. »
Curieux et unique.

875. CASTIL-BLAZE. **La danse et les ballets** depuis Bacchus jusqu'à Mademoiselle Taglioni (Paris, Paulin, 1832). In-12, d.-rel. chag. bleu, tr., peig., net. . . . . . . . . . . . 12 fr. »
Bel exemplaire d'un livre rare avec un frontispice facétieux.

876. **Catalogue** de l'exposit. de gravures anc. et modern. (Paris, Cercle de la Librairie, 1881). In-4°, cart., n. rog. Nombr. repr., net 10 fr. »

877. CELLARIUS. **La Danse des Salons,** (Paris, 1849). 1 vol. gr. in-8°, d.-rel. maroq. vert, tête dorée, net . . . . . . . 10 fr. »
Dessins de Gavarni.

878. CERVANTÈS. **Elingenioso** hidalgo Don Quijote de la Mancha, con la Vida de Cervantes por D. M. F. de Navarrete (Paris, Baudry, 1840). In-8°, d.-rel., figures, net. . . 4 fr. »

879. CERVANTÈS. **Rinconète et Cortadillo,** nouvelle traduction et notes de L. Viardot (Paris, Launette, 1891). Gr. in-8°, br., 30 fr., net. . . . . . . . . . . . . . . 18 fr. »
Exemplaire numéroté sur papier vélin blanc, illustré de 77 compositions par H. Atalaya.

880. CHABOUILLET. **Description des anti**quités et objets d'art, composant le cabinet de M. L. Fould (Paris, Claye, 1861). In-fol., cart., n. rog., net . . . . . . . . . . . . 70 fr. »
Quantité de planches; tiré à 300 exemplaires numérotés.

881. CHAMISSO (Adelbert de). **Histoire merveilleuse** de P. Schlemihl ou l'homme qui a vendu son ombre, trad. par Dietrich (Paris, Westhauser, 1888). In-8°, br., net. . 7 fr. »
Illustrations de H. Pille.

882. CHAMPFLEURY. **Contes choisis** (Paris, Quantin, 1889). In-8°, cart., tête dor. n. rog., net. . . . . . . . . . . . . . 15 fr. »
Édition de grand luxe, illustrée de 3 eaux-fortes et de nombreux dessins et d'un portrait de Champfleury tiré en taille-douce.

883. — **Les Vignettes romantiques,** histoire de la littérature et de l'art, 1825-1840 (Paris, Dentu, 1883). Gr. in-8°, 50 francs, net. . . . . . . . . . . . . . . 22 fr. »
150 vignettes par Nanteuil, T. Johannot, Devéria, J. Gigoux, etc.

*Le même*, d.-rel. chag. . . . . 25 fr. »

884. CHAMPIER (V.). **Les anciens almanachs illustrés,** histoire du calendrier depuis les temps anciens jusqu'à nos jours (Paris, Frinzine, 1886). In-fol. en portef., net. 100 fr. »
Ouvrage accompagné de 50 planches hors texte en noir et en couleurs, reproduisant les principaux almanachs illustrés ou gravés.

885. CHAMPOLLION LE JEUNE. **Notices descriptives** des monuments de l'Egypte et de la Nubie, conformes aux manuscrits autogr., rédigés sur les lieux par l'auteur (Paris, Didot, complet en 19 livraisons). Pet. in-fol., au lieu de 237 fr. 50, net . . . . . . . . 100 fr. »

886. CHARAVAY (Et.). **A. de Vigny et Charles Baudelaire,** candidats à l'Académie française (Paris, Charavay, 1879). Pet. in-8°, d.-rel. mar. bleu, tête dor., net. . . . . . . 3 fr. 50 »

887. CHARNOIS. **Recherches** sur les costumes et sur les théâtres de toutes les nations, tant anciennes que modernes. Ouvrage utile aux peintres, statuaires, architectes, décorateurs, comédiens, costumiers, etc. (Paris, Drouhin, 1790). In-4°, cart., n. rog., rare en cet état, net. . . . . . . . . . . . . 80 fr. »
1 frontispice et 53 planches en couleurs et cartes, dont une faisant double emploi.

*Le même*, relié en basane, tranches rouges, il manque la carte faisant double emploi, net. . . . . . . . . . . . . . . 70 fr. »

888. CHAUVET. **5 dessins originaux,** de l'artiste, au crayon, pour le Nouveau Merdiana, net. . . . . . . . . . . . . . . 50 fr. »

— 3 dessins à l'eau-forte pour le même ouvrage, net. . . . . . . . . . . . . 10 fr. »
Fontispice pour l'ouvrage, net . . . . . 3 fr.

889. **Nouveau Merdiana.** Empreintes des bois gravés. 29 pièces, net. . . . . . . 15 fr. »

890. **Chefs-d'œuvre d'art** (Les) à l'Exposition universelle de 1878, sous la direction de M. E. Bergerat (Paris, Baschet, 1878). In-fol. en portefeuille, 200 fr., net. . . . . . . . 80 fr. »
Exemplaire sur papier de Hollande, magnifiques planches en photogravure tirées sur chine et exécutées par la maison Goupil, représentant les merveilles de l'Exposition.

891. CHEVIGNÉ (Comte de). **Les Contes Rémois**, précédés de la muse champenoise, par L. Lacour (Paris, Jouaust, 1877). In-12, br., net. Épuisé. . . . . . . . . . . . . 25 fr. »

892. — **Les Contes Rémois**, dessins de Meissonier (Paris, Académie des bibliophiles, 1868). In-8°, br., rare, net . . . . . . . . 25 fr. »

Rare. Portrait et dessins de Jules Worms, gravés à l'eau-forte par P. Rajon.

893. CHOMEL. **Dictionnaire économique**, contenant divers moyens d'augmenter son bien et de conserver sa santé (Commercy, 1741). 2 vol. in-fol., v., net. . . . . . . . . . . 6 fr. »

Contient différents articles sur les filets pour la pêche de toutes sortes de poissons et pour la chasse de toutes sortes d'oiseaux et d'animaux.

894. CHOPIN. **Révolutions des peuples du Nord** (Paris, Coquebert, 1841). 4 vol., in-8°, d.-rel. chag. bl., tr. peig., net . . . . 8 fr. »

895. **Chronique Parisienne** (La) (Paris, première année, 15 juin 1880 au 28 décembre 1884). 4 vol., in-fol., cart., nombr. dessins, net. 10 fr. »

896. COMBES (P. de). **Recueil tiré des procédures civiles**, faites en l'officialité de Paris et autres officialités du royaume (Paris, 1705). In-fol., veau, net. . . . . . . . . . . . . 4 fr. »

897. COINCHON. **Les douze travaux d'Hercule**. Album in-4° de 60 pl. en deux coul., rel. en toile, épuisé, 12 fr., net . . . . . 8 fr. »

898. **Collection Gay**. 6 vol., in-12, br., net. . . . . . . . . . . . . . . . . 10 fr. »

*L'École des Maris jaloux*; *La petite Varlope*, en vers burlesques; *Les Amoureux brandons de Franciarque et Callixène*, notice blibliographique par P.-L. Jacob; *Deux Sotties*, jouées à Genève, l'une en 1523, sur la place du Molard, dite sottie à dix personnages, et l'autre en 1524, dite sottie à neuf personnages, notice par Le Roy; *L'Impromptitude de l'hôtel de Condé*, comédie en 1 acte et en vers par Montfleury; *Les Fragments de Molière*, mis au théâtre par Champmeslé, notice par P.-L. Jacob.

899. Le même. 5 vol. (1869-77). In-18, demi-rel. amateur, rouge, net. . . . . . . 18 fr. »

*Les Fragments de Molière*, comédie mise au théâtre par Champmeslé, précédée d'une notice par P. Lacroix; *Mélanges satiriques et amusants*, par J. Gay; *La Cocue imaginaire*, par le sieur F. Doneau, notice par P. Lacroix; *Le Mariage sans mariage*, comédie réimprimée sur l'ancienne édition, notice par P.-L. Jacob; *Les Amours de Calotin*, comédie en trois actes et en vers, par Chevalier, notice par P.-L. Jacob.

900. **Constitution française**, décrétée par l'Assemblée nationale constituante aux années 1789, 1790 et 1791, présentée au roi le 3 septembre 1791, et acceptée par Sa Majesté le 14 du même mois (Paris, Didot, 1791). 1 vol. gr. in-8°, demi-rel. maroq., non rogné . . . . 12 fr. »

Rare.

901. CORNEILLE (P.). Chefs-d'œuvre, 4 tom. en 2 volumes. **Thomas Corneille**, chefs-d'œuvre. 1 vol. (Paris, 1810). 3 vol. in-18, demi-chagrin. Fig. avant lettre, net . . . . . . . . 5 fr. »

902. CORNELII a lapide e societate Jesus in omnes divi epistolas. Commentarii in evangelia, 1647. 2 tomes en 1 vol. — Commentaria acta apostolorum in epistolas canonicas, 1689 (Lugduni). Ens. 3 vol. in-folio veau, net. 9 fr. »

903. CORROZET. **Les Blasons domestiques**, nouvelle édition publiée par la Société des bibliophiles français, préface par Paulin (Paris, 1865). In-16, chagrin, tête dorée, non rogné (fig. sur bois), 15 fr., net. . . . . . 8 fr. »

904. CORTAMBERT. **Nouvelle histoire des Voyages** (Paris, s. d.). 2 vol. gr. in-8°, br., 20 fr., net. . . . . . . . . . . . . . . . 8 fr. »

Illustré de nombreuses gravures et de cartes en couleurs.

905. COUSIN (Ch.). **Racontars illustrés d'un vieux collectionneur** : Bouquins, tableaux, dessins, faïences, autographes et bibelots (Paris, 1887). In-4°, br., 150 fr., net . . . . 70 fr. »

Magnifique publication, tirée à 650 exemplaires sur Japon, dessins de F. Régamey, chromotypies de D. Weber, gravées par Ch. Mauso.
Eaux-fortes d'Abot et Cattelain, photogravures de P. Dujardin.
Magnifiques reproductions en couleurs et or de reliures, faïences, tableaux, etc.

906. — **Voyage dans un grenier**. Bouquins, faïences, autographes et bibelots (Paris, Morgand et Fatout, 1878). Gr. in-8°, d.-chag. Laval., tête peigne, n. rog., net. . . . . . . . . . 75 fr.

Bel exemplaire d'un ouvrage rare.
Caractères, ornements, fleurons fondus exprès, double tirage pour l'impression en rouge et en couleurs des armoiries, des têtes de page, des lettres ornées et des culs-de-lampe de 50 chapitres, 20 pages d'autographes et de fac-similé, de vieilles reliures, eaux-fortes, etc.

907. CRÉBILLON. **Œuvres**. Avec les notes de tous les Commentateurs, édition publiée par Parrelle (Paris, Werdet, 1828). 2 vol. in-8°, demi-rel. Portrait et figures de Deveria, net. . 5 fr.

908. — **Œuvres**. Nouvelle édition corrigée, revue et augmentée de la vie de l'auteur (Paris, 1772). 3 vol. in-18, veau. *Beau Portrait*, net. . . . . . . . . . . . . . . 4 fr. »

909. **Danse Macabre** (*La Grande*) des hommes et des femmes, précédée du dict des trois mors et des trois vifz, du débat du corps et de l'âme et de la complaincte de l'âme dampnée (Paris, Baillieu). In-4° br. *Figures sur bois*, net. . . . . . . . . . . . . . . . 4 fr. »

910. DAUBOURG (E.). **L'Architecture intérieure** : portes, vestibules, escaliers, salons, salles à manger, chambres à coucher, bibliothèques, bureaux, devantures de boutique, etc. (Paris, Baudry, 1876). In-fol. cart., net. 6 fr.

911. DAUBRÉE. **Études synthétiques de Géologie expérimentale** (Paris, Dunod, 1879). Fort vol. gr. in-8° br. *Nombreuses planches*, 37 fr. 50, net. . . . . . . . . . . . . 20 fr. »

912. DAUDET (Alphonse). **Tartarin sur les Alpes**, illustré par Aranda, de Beaumont, Montenard, de Myrbach, Rossi (Paris, 1886). In-12, reliure recouverte en parchemin, tête dorée, n. rogné, net. . . . . . . . . . . . . 30 fr. »

Exemplaire numéroté sur papier du Japon.

913. DAYOT (Armand). **Les Médaillés du Salon**. Publié sous le patronage de l'agent général de la propriété artistique, institué par la Société des artistes français (Paris, 1886). In-folio, br., 60 fr., net . . . . . . . 25 fr. »

Ouvrage comprenant toutes les œuvres des peintres et sculpteurs ayant obtenu une récompense, les portraits, croquis originaux et un article biographique et critique de l'œuvre.

914. DEBRAY (Dr). **Histoire de la Prostitution et de la Débauche** chez tous les peuples du

Globe, depuis l'antiquité jusqu'à nos jours. (Paris, Lambert). Gr. in-8°, d.-rel. Nombreuses gravures, net. . . . . . . . . . . . . 6 fr. »

915. DELALAIN. **Inventaire** des marques d'imprimeurs et de libraires de la collection du Cercle de la Librairie (Paris, 1892). Gr. in-8° br. Fac-similé, 30 fr., net. . . . . 15 fr. »
*Le même* (1887). 3 fasc. br., net. . . . 8 fr.

916. DELAMARE. **Traité de la police**, où l'on trouvera l'histoire de son établissement, les fonctions et les prérogatives de ses magistrats, avec une description historique et topographique de Paris (Paris, 1705). 4 vol. in-folio veau, net. . . . . . . . . . . . . . . . . . 12 fr. »
Ouvrage intéressant avec 8 plans de Paris gravés.

917. DELAVAU et FRANCHET. **Le Livre noir**, ou répertoire alphabétique de la police sous le ministère déplorable. Imprimé d'après les registres de l'administration, avec une table générale des noms (Paris, Mutardier, 1829). 4 vol. in-8°, d.-rel., v. fauve, net. . . . . . 20 fr. »

918. DELORD (Taxile). **Histoire illustrée du second Empire** (Paris, Germer-Baillière, s. d.). 6 v. gr. in-8°, d.-rel. veau. *Gravures*. Net. 30 fr.

919. DELOUME. **Les Manieurs d'argent à Rome**: les grandes compagnies par actions. **Le Marché**. Puissance des publicains et des banquiers (Paris, Thorin, 1889). In-8° cartonné, net. . . . . . . . . . . . . . . . . 4 fr. 50

920. DEMIDOFF (A. de). **Voyage** dans la Russie méridionale et la Crimée par la Hongrie, la Valachie et la Moldavie (Paris, Bourdin, 1854). Gr. in-8°, demi-rel. chagrin, coins, net. 18 fr.
Illustré par Raffet, 27 planches tirées à part; quelques-unes coloriées.

921. DENAIS (Joseph). **Les Poésies de Germain Colin Bucher** ; Angevin, secrétaire du grand maître de Malte (Paris, Techener, 1890). In-8°, demi-rel. chagrin, t. dor., n. rog., *papier de Hollande*, net. . . . . . . . . . . 8 fr. »

922. DESJARDINS. **Monographie de l'hôtel de ville de Lyon** (Paris, 1867). In-fol., demi-rel. chag., 175 fr., net. . . . . . . . 50 fr. »
Ouvrage comprenant 76 planches gravées ou chromolithographiées et 20 feuilles de texte illustrées de dessins sur bois.

923. DESTRÉE (Jules). **Catalogue descriptif de l'œuvre lithographique de Odilon Redon** (Bruxelles, Deman, s. d.). In-4° br, tiré à 75 exemplaires, eau-forte avant lettre, en double état, net. . . . . . . . . . . . . . . . . 30 fr. »

924. D'HOZIER. **Généalogie de la maison des Poussards**, justifiée par Chartes, Tiltres, Arrestz, Histoires et autres bonnes et certaines preuves, par le sieur D'Hozier, gentilhomme ordinaire de la maison du roy, faisant proffession de Cognoissance des maisons illustres de France (1631). In-4° rel. pleine maroquin Lavallière, filets à la Dusseuil, dent. int., tranches dorées (Pierson). . . . . . . 1,000 fr. »
Très beau manuscrit de l'époque, sur parchemin, le titre est encadré d'une magnifique miniature sur fond rouge rehaussé d'or.
Manuscrit de 43 feuillets, d'une belle écriture, est orné de nombreux blasons en miniature et d'une carte également en miniature contenant les 16 cartiers ou lignes tant paternelles que maternelles (*sic*) de M. du Vigean, l'un des descendants directs de la souche des Poussards.
Cette famille, dont l'origine date de 1340, sous Phi-

lippe de Valois, tire son origine de la maison royale de France et la rend l'alliée de tous les rois et princes de la chrétienté.
Plusieurs noms illustres figurent dans ce manuscrit authentique. Nous n'en citerons que quelques-uns pris au hasard parmi ceux connus de nos jours : De Mortemar, Larochefoucauld, de Lansac, de Polignac, de Lignères, de Caumont, de Gontaut-Biron, de la Trémouille, de Liancourt, de Turenne, de Lancastre, etc.
Véritable occasion à ce prix.

925. **Diable** (Le) **à Paris**. Paris et les Parisiens, à la plume et au crayon, par Gavarni Grandville. (Paris, Hetzel, 1868). 4 vol. gr. in-8°, demi-rel. veau, bonne condition, net.. . . . . . 25 fr. »
1508 dessins, dont 600 grandes scènes et 908 dessins de Grandville, Bertall, Cham, Dantan, etc.

926. **Dictionnaire abrégé des sciences médicales** (Paris, Panckouke, 1821). 15 vol. in-8°, demi-rel., net. . . . . . . . . . . . 10 fr. »

927. **Dictionnaire de l'Académie des Beaux-Arts** (Paris, Didot). Tomes I à IV. 4 v. gr. in-8°, br. et livraisons, 64 fr., net. . . . . 35 fr. »

928. DORAT. **La Déclamation théâtrale**, poëme didactique en quatre chants, précédé et suivi de quelques morceaux de prose (Paris, Delalain, 1771). Petit in-8°, demi-rel. chag. tête dor., non rog. *Rare en cet état*, net. . 18 fr.
1 frontispice et 4 jolies figures d'Eisen, gravées par de Ghendt.

929. DORÉ. **Gallery** (The). Containing two hundred and fifty beautiful engravings selected from the Doré, bible, Milton, Dante's Inferno. Purgatorio and Paradiso, Atala, Fontaine, Fairy realm, Don Quixote, Baron Munchausen, Croquemitaine, etc. (London Cassell). In-4°, magnifique reliure anglaise en maroquin rouge, ornements à froid et en or, dent. intér., tr. dorées, net. . . . . . . . . . . . . . . . . 75 fr. »

930. DROUHET (Jean), maître apothicaire à St-Maixent. **Œuvres**. La Moirie, la Mizaille, dialogue poictevin, lez bon et bea prepov. la defonse, le grov freimage (1660-1673). Nouvelle édition avec notice et commentaires, par M. A. Richard (Poitiers, Druineaud, 1878). In-12, demi-rel. amateur, mar. Laval., dos orné, non rogné, net. . . . . . . . . . . . . . 6 fr. 50
Tiré à 200 exemplaires numérotés.

931. DRUMOND (Edouard). **Les Fêtes nationales à Paris** (Paris, Baschet, 1879). In-fol. en feuilles dans un emboîtage, 100 fr., net. 40 fr.
Superbes planches de reproductions des principaux faits historiques, depuis le XIV° siècle jusqu'à nos jours. Exemplaire sur papier de Hollande.

932. DUBOIS. **Cours élémentaire d'Astronomie et de Navigation**, à l'usage des officiers de la marine du commerce et des candidats au grade de capitaine au long cours (Paris, Bertrand, 1881. In-8°, bonne demi-rel. *Cartes*, net. . . . . . . . . . . . . . . . . . . 5 fr. »

933. DU CLEUZIOU. **La Bretagne artistique**. (Paris, Monnier). 2 vol. in-8° br., net. 6 fr. »
Épuisé et rare.

934. DULAURE. **Histoire de Paris et de ses Monuments**, refondue par Balissier (Paris, Furne, 1846). Gr. in-8°, demi-rel. chagrin, dos orné, 20 fr., net. . . . . . . . . . . . 8 fr. »

935. — **Histoire de la Restauration** (Paris, Cadot). 2 tomes en 1 vol., gr. in-8°, d.-rel. chag., 20 fr., net. . . . . . . . . . . . 10 fr. »

936. DUCROS (Emmanuel). **En chemin de fer**, triolets dits par M. Mounet-Sully (Paris, Baschet, in-f° dans un portefeuille en satin, 25 fr., net . . . . . . . . . . . . . 12 fr. »

*Compositions en couleurs de Ch. Daux.*

937. DUCROS (Emmanuel). **Une Cigale au Salon de 1885** (Paris, Baschet, 1885). In-4° br., couverture illustrée. Nombreuses illustrations en couleurs, net . . . . . . . . . . . 5 fr. »

938. **Éclipse** (L') 1868 à 1875. 8 vol. in-f°, d.-rel. veau f., net . . . . . . . . 40 fr. »

*Le même*, 1868 à 1874. En 5 vol. in-f°, cart., net . . . . . . . . . . . . . 35 fr. »

*Journal satirique aujourd'hui très recherché: spirituelles et nombreuses charges politiques de A. Gill qui attirèrent à leur auteur de nombreux démêlés avec la censure et les tribunaux.*
*Il manque dans chaque année quelques numéros enlevés par la censure.*

939. **Éclipse** (L') du 27 juin 1869 au 18 septembre 1870, environ 40 numéros. **Le Monde pour rire**, 12 numéros du 4 décembre 1869 au 23 août 1870. En 1 vol. in-f°, d.-rel., net. 2 fr. 50

*Dessins de A. Gill, Moloch, Pillotel, etc.*

940. **Éphémérides universelles**, où tableaux religieux, politique, littéraire, scientifique et anecdotique présentant pour chaque jour de l'année un extrait des annales de toutes les nations (Paris, Carby, 1832). 12 vol. in-8°, d.-rel., net . . . . . . . . . . . . . 8 fr. »

941. **Encyclopédie** du XIX° siècle, répertoire universel des sciences, des lettres et des arts, avec la biographie de tous les hommes célèbres (Paris, 1842-1853). 27 vol. in-8°, demi-rel., net . . . . . . . . . . . . . . . . 20 fr. »

942. **Entretiens** (Les) de monsieur Voiture et de monsieur Costar (Paris, Courbé, 1655). In-4°, parch., net . . . . . . . . . . 5 fr. »

943. ESCANNO (Ferdinando de). **Propugnaculum** Hierosolymitanum sive sacræ religionis militaris S. Joannis Hierosolymitanum militiæ regularis compendium opus historicum politicum, theologicum et juridicum sub auspiciis serenissimi principis, Joannis de Austria (Hispali Apud Joannem Gomez, 1664). Petit in-f°, v. gaufré, reliure du temps, le dos est fatigué, net . . . . . . . . . . . . . . . . . 15 fr. »

*Bel exemplaire d'un livre rare sur les chevaliers de Saint-Jean de Jérusalem.*

944. **Esprit de l'Encyclopédie** (L') ou recueil des articles les plus curieux et les plus intéressants de l'Encyclopédie (Paris, 1822). 15 vol. in-8°, br., net . . . . . . . . . . . 10 fr. »

945. ESTIENNE (Henri). **Apologie pour Herodote**, satire de la société au XVI° siècle, augmentée de remarques par Ristelhuber (Paris, Liseux, 1879). 2 vol. in-8°, bonne d.-rel., amateur, net . . . . . . . . 18 fr. »

946. EUDEL (Paul). **Les Ombres chinoises de mon père** (Paris, Rouveyre). In-4°, cart., fig, 15 fr., net . . . . . . . . . . . 7 fr. 50

947. **Évangiles** des dimanches et fêtes (Chalons, 1844). In-4°, mar. bleu, large dentelle et ornements sur les plats, dos orné, dent. int., tr. dorées, net . . . . . . . . . . . 100 fr. »

*Superbe ouvrage; chaque page est illustrée de magnifiques encadrements en noir et couleurs rehaussés d'or. Reliure très fraîche.*

948. **Exposition** des Beaux-Arts. Salon de 1880, comprenant 34 planches de photogravure, 64 dessins hors texte et 50 motifs variés, en-têtes, lettres ornées, cul-de-lampe, etc. (Paris, première année, 1880). Gr. in-8°, d.-rel., n. rogné, net . . . . . . . . . . . 60 fr. »

*Épuisé et très rare; le même a été vendu 200 fr.*

949. **Exposition** des Beaux-Arts. Salon de 1881 comprenant 40 planches en photogravure et 150 dessins d'après les originaux des artistes (Paris, 1881). Gr. in-8°, d.-rel. chag., n. rog. Tirage d'amateur, exempl. numéroté sur papier de Hollande, 100 fr., net . . . 45 fr. »

*Le même*, br., net . . . . . . . . 40 fr. »

*Le même*, 1891, Société des Artistes Français et Société nationale des Beaux-Arts. Tirage d'amateur sur papier de Hollande, exempl. numéroté, 100 fr., net . . . . . . . . 50 fr. »

950. **Exposition** (L') Universelle de 1867, illustrée. 2 vol. in-fol., d.-rel., net . . 7 fr. »

951. FELLER (L'abbé de). **Dictionnaire historique** où histoire abrégée des hommes qui se sont fait un nom par leur génie, leurs talents, etc. (Paris, 1821). 13 vol. in-8°, d.-rel. v., net . . . . . . . . . . . . . 25 fr. »

952. FEYDEAU (Ernest). **Histoire des usages funèbres et des sépultures des peuples anciens**, planches et plans par A. Feydeau (Paris, Gide, 1856). 2 vol. in-fol., d.-rel., tête dor., net . . . . . . . . . . . . . . . 35 fr. »

*Nombreuses planches hors texte en noir et en couleurs.*

953. **Figaro-Salon 1891**, par Albert Wolff. 6 numéros in-fol. Épuisé, net . . . 9 fr. »

954. FIGUIER (Louis). **Connais-toi toi-même**, notions de physiologie à l'usage de la jeunesse et des gens du monde (Paris, Hachette, 1879). In-8°, d.-rel., fig., net. 4 fr. »

955. *Le même*. **Les Merveilles de la Science et de l'Industrie** (Paris, Furne). 10 vol. gr. in-8°, d.-rel. chag., très propre. Nombreuses gravures, 140 fr., net . . . . . . . 90 fr. »

956. *Le même*. **Les Races humaines** (Paris, Hachette, 1872). In-8°, br., 6 fr, net. 3 fr. 50

957. *Le même*. **La Vie et les Mœurs des animaux zoophites et mollusques** (Paris, Hachette, 1866). In-8°, d.-rel. chag., planches, net . . . . . . . . . . . . . . . . 3 fr. 50

*Le même*. **Les Grandes inventions anciennes et modernes dans les sciences, l'industrie et les arts** (Paris, 1861). In-8°, d.-rel. chag., pl., net . . . . . . . . . . . . . . . . . 3 fr. 50

958. FIRMIN-DIDOT (Ambroise). **Alde manuce et l'hellénisme à Venise** (Paris, Didot, 1875). In-8°, parch. Portraits, net . . 6 fr. »

959. FLAMMARION (Camille). **Les Étoiles et les Curiosités du Ciel**, description complète du ciel visible à l'œil nu (Paris, 1882). Gr. in-8°, cart. Nombreuses planches, net. 5 fr. »

960. FOE (Daniel de). **Étranges aventures de Robinson Crusoé**, avec une étude sur l'auteur, par Baltier (Paris, Bonnassies, 1877). In-8°, br. Papier de Chine, net . . . . . . . . . 12 fr. »

*Frontispice et 7 planches dessinées et gravées par J. Fesquet, Legenisel, Paquien, Ramus, etc., avant lettre en deux états.*

961. **FOUQUIER** (Henry). **Le Salon illustré.** Première année 1888, en 1 vol. in-4°, reliure amateur. Épuisé, net. . . . . . . . . 8 fr. »

*Nombreuses gravures, reproduction des œuvres principales.*

962. **Français** (Les) peints par eux-mêmes, types et portraits humoristiques à la plume et au crayon, mœurs contemporaines par Balzac, J. Janin, F. Soulié, A. Karr, Ch. Nodier, etc. Illustrations de Meissonier, Daubigny, Charlet, T. Johannot, Français, etc. (Paris, Philippart, s. d.). 4 vol. gr. in-8° br., très propre, 65 fr., net. . . . . . . . . . . . . . 30 fr. »

963. **FROEHNER** (W.). **Les Musées de France**, recueil de monuments antiques (Paris, Rothschild, 1873). In-fol., cart. Belles planches, 100 fr., net. . . . . . . . . . . . . 45 fr. »

964. **Funérailles** de S. A. R. Louise-Marie-Thérèse-Caroline-Isabelle, princesse d'Orléans, reine des Belges (Bruxelles, Géruzet, 1850). In-fol., d.-rel. chag. Belles planches, net. 5 fr.

965. **Galerie** française où collection de portraits des hommes et des femmes célèbres qui ont illustré la France dans les XVIe, XVIIe et XVIIIe siècles, par une association d'hommes de lettres et d'artistes (Paris, Lefort, imp. de Didot, 1821-1823). 3 vol. gr. in-4°, papier vélin, net. . . . . . . . . . . . . . . . 70 fr. »

*Les portraits sont de Chrétien, Gautherot, Rulmann, Weber, etc., et les notices de Andrieux, Auger, Campenon, Denon, Fourier, Lémontey, de Ségur, Villemain, etc.*

966. **Galerie** ornithologique des oiseaux d'Europe, recueil d'environ 95 belles planches représentant 200 oiseaux coloriés, avec notices, titre dessiné à la plume et Table manuscrite en 1 vol. in-4°, cart., net. . . . . . . . 30 fr. »

967. **GANTEZ**. **L'Entretien des Musiciens**, par le sieur Gantez, maistre de chapelle de Saint-Estienne d'Auxerre, publié d'après l'édition rarissime avec préface et notes par T. Thoinan (Paris, Claudin, 1878). In-12, mar. Laval., dos orné, filets, tr. dor., dent. inter., papier de Chine, net. . . . . . . . . 30 fr. »

*Tiré à 15 exemplaires (n° 5), contenant l'eau-forte en quadruple état, épreuves avec et avant lettre.*

968. **GAUTIER** (Théophile). **Mademoiselle de Maupin** (Paris, Charpentier). 2 vol. in-32, eaux-fortes, épuisé, net. . . . . . . . 8 fr. »
Exemplaire sur papier de Hollande, net. . . 10 fr.

969. *Le même.* **Le Capitaine Fracasse**, suite de 15 compositions dessinées par Delort et gravées à l'eau-forte par Mongin, épreuves avant la lettre, sur japon, net. . . . . 50 fr. »

970. *Le même.* **Militona**, réimpression textuelle de l'édition originale illustrée d'un portrait, d'après une photographie de 1854 et dix compositions (un en-tête, huit grandes figures hors texte et un cul-de-lampe) de Adrien Moreau, gravés au burin et à l'eau-forte par A. Lamotte (Paris, Conquet, 1887). In-8°, papier vélin à la cuve, non rogné, net. . . 175 fr. »

*Splendide exemplaire dans une riche reliure en maroquin Lavallière, ornements, filets et dentelles en mosaïque sur les plats, dos orné doublé de maroquin bleu, filets, dentelles et ornements, gardes en soie, tête dorée.*
*La reliure seule vaut 150 fr.*

971. *Le même.* **Le capitaine Fracasse** (Paris, Charpentier, 1881). Gr. in-8°, d.-rel. chagrin, net. . . . . . . . . . . . . . 10 fr. »
Illustré de 60 dessins par G. Doré.

972. **GAVARNI**. **Perles et Parures**. Les parures et les joyaux fantaisie, texte par Méry, histoire de la mode et minéralogie des dames par le comte Fœlix (Paris, de Gonet, s. d.). 2 vol. gr. in-8°, d.-rel. amateur, maroq. citron, dos orné, tranches ébarbées, net. . . 60 fr. »

*Planches sur papier vélin et finement coloriées; les marges sont découpées en dentelles.*

973. *Le même.* **Masques et visages** (Paris, 1868). In-8° cart., net. . . . . . . . . 7 fr. »

974. **Gazette des Beaux-Arts**. Origine 1859 à 1880. Vingt-une premières années en 47 vol. gr. in-8°, d.-rel. mar. rou., coins, tête dor., dos orné, n. rog., et 1880 en livrais., net 850 fr. »

*Spendide exemplaire dans une riche reliure; intéressante collection.*

975. **GEORGES-ROBERT**. **Voyage à travers l'Algérie**, notes et croquis, 500 illustrations inédites, dont 50 hors texte (Paris, Dentu). In-4° br., 20 fr., net . . . . . . . . . . . 10 fr. »

976. **GILL** (André). **Le Salon de 1869.** 1 vol. in-4°, d.-rel. chag., net. . . . . . . . 6 fr. »

*Caricatures et dessins de A. Gill, Régamey, Sahile, etc.*

977. **GŒTHE**. **Le Faust suivi du second Faust**. Trad. par Gérard de Nerval (Paris, Lévy, 1868). Gr. in-8°, cart. 8 fr., net . . . 4 fr. 50

*Illustré par T. Johannot.*

978. **GOLDSMITH**. **Le Vicaire de Wakefield**, trad. en français avec le texte anglais en regard, par Ch. Nodier (Paris, Bourgueleret, 1838). In-8°, d.-rel., net. . . . . . . . . . . . . 6 fr. »

*Illustré de 100 vignettes sur bois, d'un frontispice et de 10 planches hors texte et avant lettre, dessinés par T. Johannot.*

979. **GONCOURT**. **Sophie Arnould**, d'après sa correspondance et ses mémoires inédits (Paris, Dentu, 1877). In-8°, br., net. . 8 fr. »

980. **GONET** (Gabriel de). **Tableau de la Littérature frivole** en France, depuis le XIe siècle jusqu'à nos jours ou musée des chansons et des poésies légères (Paris). In-fol. br , 80 fr. net . . . . . . . . . . . . . . . . 50 fr. »

*Illustré de 45 eaux-fortes spécialement pour cette édition.*

981. **GOUFFE** (J.). **Le Livre des conserves** (Paris, Hachette, 1869). Gr. in-8° br., épuisé, rare, net. . . . . . . . . . . . . . 20 fr. »

982. **GOURDAULT** (Jules). **A travers Venise**, ouvrage illustré de nombreuses gravures et de 13 eaux-fortes (Paris, Rouam). In-fol. cart. toile, 25 fr., net . . . . . . . . . . . 14 fr. »

983. *Le même.* **De Paris à Paris** à travers les deux mondes, capitales et grandes villes (Paris, 1889). 1 vol. gr. in-8°, d.-rel. chag., nombreuses planches, net . . . . . . . . 7 fr. »

984. **GOURDON de GENOUILLAC**. **Paris à travers les siècles**, histoire nationale de Paris et des Parisiens depuis la fondation de Lutèce jusqu'à nos jours (Paris, Roy, s. d.). 5 vol. gr. in-8°, d.-rel. v. Fig. color., 75 fr., net 40 fr. »

985. **GRAFFIGNY** (Mme). **Lettres d'une Pé-**

ruvienne (Paris, de l'imprimerie de Migneret, 1797). Gr. in-8° maroq. olive, filets, dos orné, dent. intér., tr. dorées, net. . . . . 150 fr. »

Magnifique reliure, exemplaire très grand de marges, illustré d'un portrait par Gaucher et 6 jolies figures dessinés par Le Barbier.

986. *Le même* (Paris, 1797). Gr. in-8° d.-rel., net. . . . . . . . . . . . . . . . . . 12 »

Portrait par Gaucher et 6 jolies figures dessinés par Le Barbier.

987. GRAND-CARTERET (J.). **La Femme en Allemagne**, avec 144 illustrations, dont deux eaux-fortes et trois planches en couleurs, 15 fr., net. . . . . . . . . . . . . . . . . . 8 fr. »

988. **Grande encyclopédie** (La). (Paris, Lamirault). 18 vol. in-4° en livraisons. Tomes 1 à 18, 450 fr., net. . . . . . . . . . . . . . . 150 »

989. GRANGES DE SURGÈRES (M⁹ de) et BOURCARD. **Les Françaises du XVIII° siècle**, portraits gravés, préface du baron R. Portalis (Paris, Dentu, 1887). Gr. in-8° br., 60 francs, net. . . . . . . . . . . . . . . . . . 10 fr. »

Orné de 11 portraits d'après les originaux.

990. **Grelot** (Le). (Paris). N° 91, 1873, au n° 559, 25 décembre 1881. 9 vol. in-fol. cart., net. . . . . . . . . . . . . . . . 30 fr. »

Quantité de caricatures en couleurs par Alfred Le Petit; recueil intéressant.

991. **Grelot** (Le). N° 143 à 170, le Polichinelle, 1874, 10 numéros, la Fronde, 1874, 8 numéros, le Sifflet, 1874, 8 numéros, en 1 vol. in-fol., d.-rel., net. . . . . . . . . . . . . 2 fr. 50

Caricatures de A. Le Petit, G. Lafosse, Humbert, etc.

992. **Grelot** (Le). Du 7 mai 1871 au 22 décemb. 1873, en 1 vol. in-fol. d.-rel., net 3 fr. »

Nombreuses caricatures de Bertall, Flok, A. Gill; il manque quelques numéros enlevés par la censure.

993. GRESSET. **Le Méchant**. Comédie en cinq actes en vers, précédée d'une notice, par G. d'Heylli (Paris, 1874). In-12, d.-rel. amateur, net. . . . . . . . . . . . . . . . 3 fr. 50

994. GRESSET. **Œuvres** (Paris, De Bure, 1826). 3 vol. in-18°, d.-rel. veau, très propre, net. . . . . . . . . . . . . . . . . . 6 fr. »

995. *Le même*. **Œuvres**. Londres (Paris, Cazin, 1780). 2 vol. in-8° v. filets, tr. dor. Fig., net. . . . . . . . . . . . . . . . . 6 fr. »

996. **Guerre Franco-Allemande de 1870-71**. Rapports spéciaux et journaliers sur Paris, la presse, les réunions publiques; pièces sur les événements du 4 Septembre, quelques-unes manuscrites, relation d'un personnage influent, état de l'Armée du Rhin; environ 50 pièces, etc. net. . . . . . . . . . . . . . . . 75 fr. »

Importante réunion formant un tout précieux d'environ 800 pièces rares et absolument inédites.

997. GUILLEMIN (A.). **Le Ciel**, notions d'astronomie à l'usage des gens du monde et de la jeunesse (Paris, Hachette, 1866). Gr. in-8°, d.-rel. chag., net. . . . . . . . . . . . . 15 fr. »

998. *Le même*. **Le Monde physique**. La pesanteur, la gravitation universelle, le son. — La lumière. — Le magnétisme et l'électricité. — La chaleur.— La météorologie (Paris, Hachette, 1881-1885). Ens., 5 vol. gr. in-8°, d.-rel. chag. vert, net. . . . . . . . . . . . . . . . 35 fr. »

1741 gravures dans le texte et 110 planches en noir et en couleurs.

999. *Le même*. **Les Phénomènes de la physique** (Paris, Hachette, 1868). Gr. in-8°, d.-rel. chag., 20 fr., net. . . . . . . . . . 12 fr. »

Illustré de 450 figures et de 11 planches en couleurs.

1000. GUILLOT (A.). **Les Prisons de Paris et les prisonniers** (Paris, Dentu, 1890). In-8°, cart., dessins de Montégut, net. . . . 4 fr. »

1001. GUIMET. **Promenades japonaises**, dessins d'après nature, dont six aquarelles en couleurs par Régamey (Paris, Charpentier, 1878). In-4° br. Épuisé, net. . . . . . . . . 10 fr. »

*Le même*. Gr. pap. Hollande, net. 15 fr. »

1002. GUYOT DE MERVILLE. **Œuvres de Théâtre** (Paris, Duchesne, 1766). 3 vol. in-12, v. fau., filets, net. . . . . . . . . . . 5 fr. »

1003. HANCARVILLE (Hugues d'). **Monuments** de la vie privée des douze Césars, d'après une suite de pierres gravées sous leur règne. A Caprées, chez Sabellus (Nancy, Leclerc, 1780). Frontispice et 50 grav. du genre Spintrien. — Monumens du culte secret des dames romaines p. s. de suite à la vie privée des douze Césars. A Caprées, chez Sabellus (Nancy, Leclerc, 1784). Frontispice et 50 gravures du genre Spintrien. Ensemble, 2 vol. in-4°, bas., net. . 250 fr. »

Exemplaire du premier tirage.

1004. HELVETIUS. **Poésies**. Londres (Paris, Cazin, 1781). In-18, v., filets, tr. dor. Portrait, net. . . . . . . . . . . . . . . . . . 3 fr. »

1005. **Heptaméron** des nouvelles de très haute et très illustre princesse Marguerite d'Angoulème, reine de Navarre, publié par MM. Leroux de Lincy et A. de Montaiglon (Paris, Eudes, 1880). 4 vol. in-8°, br., 200 fr., net. 50 fr. »

Exemplaire avec deux suites de gravures hors texte, dont une en noir sur papier teinté et la seconde en bistre sur papier van Gelder.

1006. **Histoire générale de la Tapisserie**, texte par J. Guiffrey, E. Muntz et A. Pinchart. Illustrations exécutées sous la direction de M. L. Vidal (Paris, 1878). 2 vol. in-fol. en livraisons, au lieu de 300 fr., net . . 125 fr. »

Magnifique publication contenant de superbes planches hors texte et en couleurs.
Bonne occasion.

1007. **Histoire** pittoresque, dramatique et caricaturale de la Sainte Russie, commentée et illustrée de 500 magnifiques gravures par G. Doré, gravées sur bois par toute la nouvelle école, sous la direction générale de Sotain (Paris, Bry, 1854). Gr. in-8°, demi-rel. chagrin, net. . . . . . . . . . . . . . . . . 15 fr. »

Spirituel pamphlet à la plume et au crayon, dirigé contre la Russie à propos de la guerre d'Orient de 1855. Rare.

Exemplaire de premier tirage avec la tache rouge à la page 89.

1008. HILLEMACHER. **Galerie historique des portraits des comédiens de la troupe de Molière**, gravés à l'eau-forte sur des documents par F. Hillemacher, avec des détails biographiques succincts, relatifs à chacun d'eux (Lyon, Scheuring, 1869). In-8° en feuilles dans un emboîtage, net. . . . . . . . . . . 300 fr. »

Exemplaire unique sur peau de vélin.

1009. HOERNES (R.). **Manuel de Paléontologie**, traduit de l'allemand par Dollo (Paris,

Savy, 1886). Gr. in-8°, br., 672 grav. dans le texte, 20 fr., net. . . . . . . . . . . 8 fr. »

1010. HOLBEIN (Ham.). **L'Alphabet de la Mort**, entouré de bordures du XVI° siècle et suivi d'anciens poèmes français sur le sujet des trois morts et des trois vis, publiés par A. de Montaiglon (Paris, Tross, 1856). In-8°, rel. amateur, net. . . . . . . . . . . . . 5 fr. »

Le *même*, texte italien, net. . . . 5 fr. »

1011. HORAS. **Centones ex Virgilio** F.-J.-B. Spadie a Florentiola lectoris theologiord. Prædicatorum *Placentiæ*, 1611. In-4° parchemin, net. . . . . . . . . . . . . . . 5 fr. »

1012. HOUSSAYE (Arsène). **La Comédie française**, 1680-1880 (Paris, Baschet, 1880). In-fol. en feuilles, 90 fr., net. . . . 30 fr. »

1013. — **Les Cent et un sonnets**, gravures et eaux-fortes (Paris, Maury). In-4°, d.-rel. maroq. Lavallière, amateur, net. . . 20 fr. »
Exemplaire sur papier teinté avec les eaux-fortes avant lettre.

1014. — **Poésies** (Paris, Dentu, s. d.). In-12, d.-rel. maroq. vert, amat., dos orné, filets, n. rog., eau-forte, net. . . . . . . . . 7 fr. 50

1015. HUMBERT (Aimé). **Le Japon illustré** (Paris, Hachette, 1870). 2 vol. gr. in-4°, bonne d.-rel., n. rogn., 50 fr., net. 20 fr. »
Ouvrage bien illustré contenant 476 vues, scènes, types, monuments et paysages, dessinés par E. Bayard, E. Ciceri, A. de Neuville, etc.

1016. ILEX. **Mœurs orientales.** Les huis clos de l'ethnographie de la circoncision des filles. Virginité, infibulation, génération, eunuques, skoptzis, cadenas, ceintures (Londres, Imprimerie de la Société d'anthropologie et d'ethnologie comparée, 1878). In-8°, d.-rel. mar. bl., coins de tête dor., n. rog., net. . 25 fr. »
Rare. Non mis dans le commerce. 10 planches.

1017. IMBERT. **Les Bienfaits du sommeil** ou les quatre rêves accomplis, poèmes en quatre chants (Paris, Lemonnier, 1883). In-12 broché, net. . . . . . . . . . . . . . . . 3 fr. »
Figures de Moreau.

1018. JANIN (J.). **Clarisse Harlowe**, précédé d'un essai sur la vie et les ouvrages de l'auteur de *Clarisse Harlowe, Samuel Richardson* (Paris, Amyot, 1846). 2 vol. in-12, d.-rel. v. vert, net. . . . . . . . . . . . . . . 5 fr. »

1019. Le *même*. **L'Été à Paris** (Paris, Curmer). 1 vol. in-8°, d.-rel. chag. Nombreuses illustrations, net. . . . . . . . . . . . 7 fr. »

1020. JAVEL (Firmin). **L'Art français.** Le Salon lyonnais. Le Salon de Paris 1889. Exposition décennale 1888. Exposition des femmes peintres et sculpteurs, etc., en 1 v. in-fol., cart. Environ 150 reproductions des principales peintures et sculptures, net. . . . . . . 12 fr. »

1021. JOHNSON. **Lucina sine concubitu** ou la génération solitaire, introduction et notes par Assézat (Paris 1865). In-12. d.-rel. Épuisé, rare. net. . . . . . . . . . . . . . . 6 fr. »

1022. **Journal illustré** (Le). Paris, première année, n° 1 à 46, en 1 vol. in-fol., cartonné, net. . . . . . . . . . . . . . . . . 3 fr. »
Quantité de dessins.

1023. JULLIEN (A.). **L'Opéra secret** au XVIII° siècle, aventures et intrigues secrètes racontées d'après les papiers inédits conservés aux archives de l'Etat et de l'Opéra (Paris, Rouveyre, 1880). In-8°, d.-rel. amat. maroquin vert, n. rog., net. . . . . . . . . . . 15 fr. »
Frontispice et eaux-fortes de Malval. Épuisé.

1024. Le *même*. **La Ville et la cour** au XVIII° siècle. Mozart. Marie-Antoinette. Les Philosophes (Paris, Rouveyre, 1881). In-8°, d.-rel. amateur, maroquin bleu, n. rog. Épuisé, net. . . . . . . . . . . . . . . . 15 fr. »
Frontispice et eaux-fortes de Malval.

1025. JUSTINI. **Philosophi et Martyris** admonitorius gentium liber, Joanne Francisco Pico, Mirandulæ domino (Paris, 1538). — Epicteti stoici enchiridion e græco interpretatum ab Angelo Politiano (Paris, 1540). Ens., 1 vol. in-4°, parch., textes grec et latin, net. . . . 3 fr. »

1026. KOLIADES. **Constantin, Ulysse, Homère**, air du véritable auteur de l'*Iliade* et de l'*Odyssée* (Paris, de Bure, 1829). In-fol., cart., n. rog., net. . . . . . . . . . . . . 3 fr. »

1027. LABÉDOLLIÈRE (E. de). **Histoire des environs du nouveau Paris**, illustrée par G. Doré (Paris, Barba). Gr. in-8° en livraisons, net. 5 fr. »

1028. Le *même*. **Londres et les Anglais**, illustrés par Gavarni (Paris, Barba, s. d.). Gr. in-8°, d.-rel., net. . . . . . . . . . . 6 fr. »

1029. LABORDE. **Choix de chansons mises en musique**, ornées d'un portrait de l'auteur, d'après Danton, et de 104 magnifiques estampes par Moreau, Le Barbier, Le Bouteux et Saint-Quentin. 4 vol. gr. in-8°, papier vélin, texte et musique entièrement gravés. Au lieu de 200 fr., net. . . . . . . . . . . . . . . . 70 fr. »
Le *même*, sur Chine, au lieu de 400 francs, net. . . . . . . . . . . . . . . 160 fr. »

1030. LA BRUYÈRE. **Les Caractères ou les Mœurs de ce siècle**, précédés des caractères de Théophraste, traduits du grec, revus sur la neuvième édition originale de 1696 par Ch. Asselineau (Paris, Lemerre, 1871). 2 vol. in-8°, d.-rel. amat. maroq. grenat, n. rog. Portrait, net. . . . . . . . . . . . . . . 20 fr. »

1031. LACÉPÈDE. **Histoire naturelle**, précédée de l'éloge de Lacépède par Cuvier Paris, Furne, 1855). 2 vol. gr. in-8°, d.-rel., au lieu de 25 fr., net. . . . . . . . . . . . . 15 fr. »
Nombreuses planches en couleurs.

1032. LA CHAUX (Michel-Ange de). **Le Grand Cabinet romain** ou recueil d'antiquités romaines, qui consistent en bas-reliefs, statues des dieux et des hommes, lampes, urnes, seaux, brasselets, clefs, anneaux et phioles lacrimales que l'on trouve à Rome (Amsterdam, 1706). In-fol. veau. Nombreuses pl., net. . . 4 fr. »

1033. LACROIX. **Le Moyen âge et la Renaissance.** Histoire et description des mœurs et usages du commerce et de l'industrie, des sciences, arts et littérature en Europe (Paris, 1851). 5 vol. gr. in-8°, d.-rel. chag. Nombreuses planches en couleurs, net. . . . . . 175 fr. »
Bel exemplaire d'un ouvrage rare, vendu, en vente publique, jusqu'à 400 fr.

1034. Lactantii firmiani Divinarum institutionum de ira dei de episcio dei epitome in libros suos, liber acepalos, phœnix, carmen de

dominica resurrectione, carmen de passione
domini (Basileæ apud Andream oralandrum,
anno 1532). Petit in-fol., veau, net. . . 4 fr. 50

1835. LA FARE (De). **Poésies**. Londres (Paris, Cazin, 1781). In-18, v., filets. Joli frontispice de Marillier avant lettre, net. . . 4 fr. »

1036. LA FONTAINE en estampes ou nouvelle édition des Fables plus complète que les précédentes (Paris, Nepveu, 1821). In-4°, d.-rel. veau, net. . . . . . . . . . . . . . . 10 fr. »
Édition ornée de 110 gravures en taille-douce, tirées à mi-page.

1037. *Le même*. **Contes et Nouvelles en vers** (Paris, Delarue, s. d.). 2 tomes en 1 vol. in-12, d.-rel. chag. bl., tête dor., n. rog., papier teinté, net. . . . . . . . . . . . . . . 10 fr. »

1038. *Le même*. **Contes**, avec les illustrations de Fragonard. Réimpression de l'édition de Didot, 1795, revue et augmentée d'une notice par A. de Montaiglon (Paris, Lemonnyer, 1883). 2 tomes en 4 vol. in-4°, d.-rel. chag. rouge, coins, n. rog., 250 fr., net. . . . . 125 fr. »
Exemplaire numéroté sur papier de Hollande.
*Le même*, en livraisons, net. . . 100 fr. »

1039. *Le même*. **Fables** (Paris, 1829). 2 vol. in-18, d.-rel., net. . . . . . . . . . 3 fr. »

1040. *Le même*. **Fables choisies** mises en vers, avec notice et notes par A. Pauly (Paris, Lemerre, 1868). 2 vol. in-18, d.-rel. v. fauve, tête dor., n. rog., net. . . . . . . . . 20 fr. »
Épuisé. Portrait à l'eau-forte.

1041. *Le même*. **Fables**, avec les dessins de G. Doré (Paris, Hachette, 1868). In-4°, dans une bonne d.-rel, net. . . . . . . . . 25 fr. »

1042. *Le même*. **Fables** mises en vers et collationnées sur les textes originaux (Paris, Delarue, s. d.). 2 tomes en 1 vol. in-12, d.-rel. chag., dos orné, tête dor., n. rog. Exempl. sur papier de Chine, net. . . . . . . . . . . . . 10 fr. »

1043. *Le même*. **Œuvres diverses** (Paris, Ménard et Desenne). 2 vol. in-18, d.-rel. chag., net. . . . . . . . . . . . . . . . . . . . 3 fr. »

1044. **Œuvres complètes**, précédées d'une notices sur sa vie (Paris, Pillet. 1817). In-8°, d.-r. Figures, net. . . . . . . . . . . . . . 4 fr. »

1045. LAFORGE (Edouard). **La Vierge**, type de l'art chrétien, histoire, monuments, légendes (Lyon, Scheuring, 1864). In-4°, d.-rel. chag., tête dor., n. rog., figures, net. . . . 40 fr. »

1046. LAHARPE. **Cours de littérature** (Paris). 16 vol. cart., n. rog., net . . . 20 fr. »

1047. LAMARTINE. **Voyage en Orient** (Paris, 1855). 2 vol. in-8°, cart., net. . . 7 fr. »

1048. *Le même*. **Histoire de la Restauration** (Paris, 1851). 8 vol. in-8° br., net. 15 fr.

1049. *Le même*. **Correspondance** publiée par M⁽ᵐᵉ⁾ Valentine de Lamartine (Paris, 1873). 6 vol. in-8° br., net. . . . . . . . . . . 15 fr. »

1050. LAMARTINIÈRE. **Grand Dictionnaire** géographique, historique et critique (Paris, 1768). 6 vol. in-fol., veau, net. . . . 12 fr. »

1051. LAMI. **Voyages pittoresques et techniques**. Le Nord de la France et excursions en Belgique, préface par L. Say (Paris, Jouvet, 1892). Gr. in-8°, cart. Planches, 12 francs. net. . . . . . . . . . . . . . . . . . . . 7 fr. »

1052. LA METTRIE. **L'Homme machine**, introduction et notes par J. Assézat (Paris, 1865). 1 vol. in-12, d.-rel., net. . . . 4 fr. »

1053. LA MOTHE LE VAYER. **Soliloques sceptiques**, réimprimé sur l'édition unique de 1670 (Paris, Liseux, 1875). In-12, d.-rel. amateur, net. . . . . . . . . . . . . . . . . 7 fr. »

1054. LARCHEY (Lorédan). **Nos vieux Proverbes** choisis, avec un commentaire plein d'histoires récréatives et 74 gravures nouvelles (Paris, 1886). In-8° br., net. . . . . . . 4 fr. »

1055. LAURENT DE L'ARDÈCHE. **Histoire de l'Empereur Napoléon**, illustrée de 500 vignettes par Horace Vernet, types et costumes militaires par H. Bellangé, portraits dessinés par Français (Paris, Garnier, 1852). Gr. in-8°, d.-rel., n. rog., net. . . . . . . . . . 8 fr. »

1056. LAVATER. **Essays on Physionomy** calculated to extend the Knowledge and the Love of Mankind, translated from by the Rev. C. Moore (London, 1797). 2 tomes en 3 vol. in-8°, d.-rel. chag. Curieux ouvrage contenant environ 200 grav., portraits, études de têtes, etc., net. . . . . . . . . . . . . . . . . 20 fr. »

1057. LECHEVALIER (J.-B.). **Voyage de la Troade** fait dans les années 1785 et 1786 (Paris, Dentu, 1802). 3 vol. in-8° basane et atlas in-fol., net. . . . . . . . . . . . . . . . . 8 fr. »

1058. LECLERC. **Proverbes dramatiques** (Amsterdam, 1781). 8 vol. in-8°, v. ,net. 12 fr.

1059. LE FEVRE DEUMIER (Jules). **Sir Lionel d'Arquenay**, notice biographique sur l'auteur par P. Lacroix (Paris, Didot, 1884). 2 vol. gr. in-8°, br , 10 fr., net . . . 3 fr. 50

1060. LEMPEREUR. **Description des Travaux** qui ont précédé, accompagné et suivi la fonte en bronze d'un seul jet de la statue équestre de Louis XV le bien-aimé (Paris, Lemercier, 1768). In-fol. cart. entièrement, n. rog., rare en cet état, quant. de planches, net. 12 fr.

1031. LEROUX (Hugues). **Les Jeux du Cirque** et la vie foraine (Paris, Plon). 1 vol. gr. in-8° renfermant plus de 270 dessins en couleurs, 25 fr., net . . . . . . . . . . 9 fr. »

1062. LEROY (Charles). **Le Colonel Ramollot**, recueil de récits militaires suivi de fantaisies civiles, préface de E. Carjat (Paris 1883). 1 vol. in-18, illustrations de Sta, F. Régamey, Hanriot, Moloch, eau-forte de Hanriot, etc., papier de Hollande, 10 fr., net. . . . 5 fr. »

— *Le même*, papier du Japon, 15 fr., net. . . . . . . . . . . . . . . . . . . 7 fr. 50

1063. **La Foire aux Conseils**, illustrations et eau-forte de Ferdinandus. 1 vol. in-18, papier de Chine ou du Japon, 15 fr., net. . . 7 fr. 50

1064. **Nouveaux Exploits du Colonel Ramollot**. Illustrations de Draner, Fraipont, Kauffmann, L. Noir, Uzès, etc. 1 vol. in-18, papier de Chine ou du Japon, avec une eau-forte de Kauffmann, en deux états, 15 fr., net. 7 fr. 50

1065. **Les S'crongnieugnieu du Colonel Ramollot**. 1 vol. in-18, illustré par Uzès, eau-forte de Piguet, pap. de Hollande, 10 fr., net. 5 fr.

1066. **Le Colonel Ramollot**, édition complète et définitive. 1 vol. in-18. Illustrations de Uzès, papier du Japon, 15 fr., net. . . . . . . 7 fr. 50

1067. **La Boite à musique**, roman comique.

préface d'Armand Silvestre. 1 vol. in-18, jolie couverture illustrée, papier de Hollande, 8 fr., net. . . . . . . . . . . . . . . . . . . 4 fr. »

— *Le même*, sur Japon, 25 fr., net. 12 fr. 50

1068. **Guibollar et Ramollot**. 1 vol. in-18, papier de Hollande, illustrations et eau-forte de Uzès, 10 fr., net. . . . . . . . . . . . . . 5 fr.

— *Le même*, papier de Chine, 15 fr., net. . . . . . . . . . . . . . . . . . 12 fr. 50

1069. **Les Aventures du Major Van Trouspet**, médecin du colonel Ramollot, illustré par Ch. Clérice. 1 vol. in-18 jésus sur Japon, 20 fr., net. . . . . . . . . . . . . . . . . . . 10 fr. »

1070. **Les Faits et gestes du Sergent Roupoil**, le souffre-douleur du colonel Ramollot. 1 vol. in-18, illustrations de Draner, papier du Japon, 20 fr., net. . . . . . . . . . . . . . . . 10 fr. »

1071. **Les Fredaines du Commandant Vermoulu**. 1 vol. in-18, papier du Japon, illustrations de Draner, 20 fr., net . . . . . 10 fr. »

1072. **Les Finesses de Pinteau**, planton du colonel Ramollot. 1 vol. in-18, papier du Japon, illustré par Uzès, eau-forte de Duvivier, 20 fr., net . . . . . . . . . . . . . . . 10 fr. »

1073. **Les Farces du Lieutenant Bernard**, le mystificateur du colonel Ramollot. 1 vol. in-18, papier du Japon, nombreuses illustrations, 20 fr., net . . . . . . . . . . . 10 fr. ▸

1074. **Madame Flercadet**, cantinière au régiment de Ramollot. 1 vol. in-18, illustré par Ch. Clérice, papier du Japon, 20 fr., net. 10 fr. »

1075. **Les Malheurs du Capitaine Lorgnegrut**, l'inséparable du colonel Ramollot. 1 vol. in-18, illustré par Uzès, eau-forte de Duvivier, papier du Japon, 20 fr., net. . . . . 10 fr. »

1076. **Les Passe-temps du Caporal Verdure**. 1 vol. in-18, papier du Japon, illustré par Draner, 20 fr., net. . . . . . . . . . . . 10 fr. »

1076bis. **Un Gendre à l'essai**. 1 vol. in-18, papier du Japon, 20 fr., net. . . . . 10 fr. »

1077. **LESAGE. Histoire de Gil Blas de Santillane** (Paris, Paulin, 1835). Gr. in-8°, d.-rel. v., dos orné, net. . . . . . . . . . . . . 25 fr. »

Vignettes de Jean Gigoux, exemplaire de premier tirage, un des livres les mieux illustrés de cette époque.

1078. **Histoire de Gil Blas de Santillane**, précédée d'une introduction par J. Janin (Paris, Morizot, 1863). Gr. in-8°, d.-rel. chag., 20 fr., net. . . . . . . . . . . . . . . . . 10 fr. »

Illustrations de Gavarni.

1079. **LETAROUILLY. Le Vatican** et la basilique de Saint-Pierre de Rome, monographie mise en ordre et complétée par A. Simil (Paris, Morel). 7 livrais. en portefeuille in-fol., 280 fr., net. . . . . . . . . . . . . . . . . 125 fr. »

1080. **LIAIS (E.). L'Espace céleste** et la nature tropicale, description physique de l'univers (Paris, Garnier). Gr. in-8°, d.-rel. chag., coins, tête dor., net. . . . . . . . . . . . . 9 fr. »

Dessins de Yan d'Argent.

1081. **LIPSIUS. Opera omnia**. Antverpiæ, ex officina Plantiniana (1637). 4 vol. in-fol., veau, compartiments à froid. Bel exempl., net. 12 fr.

1082. **LIREUX (Auguste). L'Assemblée nationale comique**, illustrée par Cham (Paris, Lévy, 1850). Gr. in-8°, d.-rel. chag., net. 12 fr.

Nombreuses vignettes dans le texte et 20 planches tirées à part.

1083. **LIVET. Les Intrigues de Molière** et celles de sa femme, ou la Fameuse Comédienne, Histoire de la Guérin (Paris, Liseux, 1877). In-8°, d.-rel. amateur, maroq. vert, dos orné, n. rog. Portrait d'Armande Béjart, net. 10 fr.

— *Le même*, sur grand papier de Hollande, avec le portrait en deux états et avant la lettre. In-8°, d.-rel. amat., mar. vert, dos orné, n. rog., net. . . . . . . . . . . . . . . . . 15 fr. »

1084. **Livre** (Le) **des Têtes de bois** (Paris, 1883). Gr. in-8°, d.-rel., 20 fr., net. 9 fr. »

Eaux-fortes et dessins.

1085. **Livre de Ruth** (Le), trad. de la Bible, par Lemaistre de Sacy, enrichi de 9 grandes compositions, de 4 têtes de chapitre et de 3 culs-de-lampe gravés à l'eau-forte, d'après les dessins de Bida, par Boilvin, L. Flameng, Hédouin, La Guillermie, etc. (Paris, Hachette, 1876). Gr. in-fol., cart. Épuisé, net. 20 fr. »

1086. **Livre** (Le), revue du monde littéraire, archives des écrits de ce temps (Paris, Quantin, 1880-1889). En livraisons, net. . 100 fr. »

Les 10 premières années en parfait état et bien complètes, publiées à 40 fr. l'année.

*Le même*, première année 1880. En livraison, net . . . . . . . . . . . . . . . 12 fr. »

1087. **LONGUS. Daphnis et Chloé**, ou les pastorales de Longus, traduites du grec de J. Amyot (Paris, Leclère, 1863). In-8°, maroquin citron, dos orné, filets, mosaïques, dent. int., tr. dor. (David), net. . . . . . . . . 100 fr. »

Superbe exemplaire contenant :

1° La suite des figures de Eisen, gravées par Longueil en trois états, sur Chine en *noir*, *bistre* et *sanguine*;

2° La suite tirée à part des têtes de chapitres et culs-de-lampe également en trois états *noir*, *bistre* et *sanguine*;

3° La suite de 1 portrait et 8 figures de Boilvin pour l'édition de Lemerre, 1872;

4° La suite de 9 figures par Prudhon et Gérard, gravées par Massard et Roger. Edition de Didot, 1800, en quatre états, en noir sur Hollande, en noir sur Chine, en bistre et sanguine sur Chine. Ensemble 77 pièces.

1088. *Le même*. **Les Amours pastorales de Daphnis et Chloé**, trad. par J. Amyot (Londres, 1779). In-12, v., net. . . . . . 10 fr. »

Très bonne reproduction des figures du Régent. 1 frontispice et 28 figures, y compris celle des Petits pieds.

1089. *Le même*. **Les Amours de Daphnis et Chloé**, trad. d'Amyot (Paris, Patris, 1795). In-18, d.-rel. chag., net. . . . . . . . . 6 fr. »

4 figures dessinées par Binet et gravées par Blanchard.

1090. **LORIQUET. Tapisserie de la cathédrale de Reims** (histoire du roi Clovis, XVe siècle, histoire de la Vierge, XVIe siècle). Reproduction en héliogravures par les procédés de la maison Goupil de 20 pl. in-fol., 1 vol. in-fol. de 170 pages renfermées dans un riche cartonnage. Exempl. sur Hol. (Paris, Quantin). 200 fr., net. . . . . . . . . . . . . 80 fr. »

1091. **LOTI (P.). Le Désert** (Paris, Lévy, 1895). In-12 br., net. . . . . . . . . 3 fr. 50

Edition originale.

1092. LOUANDRE (Ch.). **Les Arts somptuaires**, histoire du costume et de l'ameublement, et des arts et industries qui s'y rattachent, sous la direction de Hangard-Maugé, dessins de Ciappori, impressions en couleurs par Hangard-Maugé (Paris, 1858). 2 vol. de texte et 2 vol. de planches. Ens. 4 vol. in-4°, d.-rel. chag., filets, tr. dor., net. . 225 fr. »
Bel exemplaire d'un livre vendu, en vente, 550 fr.

1093. LUBBOCK (John). **L'Homme avant l'histoire**, étudié d'après les monuments et les costumes retrouvés dans les différents pays de l'Europe (Paris, Baillière, 1867). In-8°, cart., net. . . . . . . . . . . . . . . . . . 3 fr. »
*Le même*, d.-rel., amateur, net. . 4 fr. »

1094. **Lune** (La). Décembre 1865 au 10 janvier 1868. 1 vol., in-fol. cart., net. . 5 fr. »
Nombreuses caricatures de André Gill.

1095 MAGNY. **Les Soupirs, les Amours d'Olivier de Magny**, textes originaux avec notices par E. Courbet (Paris, Lemerre, 1874). 2 vol. in-12, d.-rel. amateur, mar. r., dos orné, non rogné. Épuisé, net. . . . . . . 20 fr. »

1096. *Le même*. **Les Odes d'Olivier de Magny de Cahors en Quercy** (Lyon, Scheuring, 1876). In-12, d.-rel., amat., mar., Laval., dos orné, tête dor., non rog., net. . 20 fr. »
Belle impression de L. Perrin, à Lyon.

1097. MANNE (De) et MENETRIER **Galerie historique de la Comédie-Française** pour servir de complément à la troupe de Talma, depuis le commencement du siècle jusqu'à l'année 1853 (Lyon, Scheuring, 1876). In-8°, d.-rel., mar. v., amat., dos orné, n. rog , épuisé, net. . . . . . . . . . . . . . . . 50 fr. »
Exemplaire sur papier de Hollande avec la double suite des portraits gravés à l'eau-forte par M. Fugère, en noir et en sanguine.

1098. MANNE (E.-D. de). **Galerie** historique des comédiens de la troupe de Voltaire, gravés à l'eau-forte, sur des documents authentiques par H. Lefort (Lyon, Scheuring, 1877). In-8°, d.-rel. amat., mar. bleu, dos orné, n. rog., papier teinté. Épuisé, net. . . . . . 60 fr. »
*Le même*, broché, papier de Hollande, net. . . . . . . . . . . . . . . . . 40 fr. »

1099. **Manuscrit.** Recueil de remèdes, de recettes et de secrets sur divers arts et métiers, manuscrit de 98 pages, d'une bonne écriture du XVIIIe siècle, net. . . . . . . . . . . 6 fr. »

1100. **Manuscrit.** Le passetems agréable ou recueil d'épîtres, d'épigrammes, de madrigaux, de chansons, d'anecdotes et d'autres poésies légères. 131 pages, d'une bonne écriture du XVIIIe siècle, net . . . . . . . . 5 fr. »

1101. **Manuscrit.** L'Art de tourner ou de faire en perfection toutes sortes d'ouvrages au tour, manuscrit du XVIIIe siècle, contenant quantité de dessins à la plume, net. . 8 fr. »

1102. MARIÉ-DAVY (H.). **Les Mouvements** de l'atmosphère et des mers, considérés au point de vue de la prévision du temps (Paris, Masson, 1866). Gr. in-8° br., 24 cartes en couleurs et nombreuses figures dans le texte, net. . . . . . . . . . . . . . . . . 5 fr. »

1103. MARMONTEL. **Contes moraux** (Paris, Brunet, 1876). 3 vol. in-8°, v., net. . 25 fr. »
Portrait et titre de Cochin et Gravelot, et 25 figures du même, gravées par Legrand, Lemire, de Longueil, etc.

1104. MAROT. **OEuvres** (Genève, Paris, Cazin, 1781). 2 vol. in-18, v. f., filets. Portrait en médaillon, gravé par de Launay, d'après Holbein, net. . . . . . . . . . . . . . 7 fr. »

1105. — **OEuvres** de Clément Marot de Cahors, vallet de chambre du Roy (Lyon, Scheuring, 1869). 2 vol. in-8°, mar. bleu, filets, dos orné, dent. inter., tr. dor., net . . . . . 45 fr. »
Épuisé. Exemplaire numéroté, sur papier teinté, tiré à 150 exemplaires; la reliure seule vaut ce prix.

1106. MARTIALIS. **Épigrammaton** (Parisiis, Thomam Richardum, 1549). In-1°, parch., net. . . . . . . . . . . . . . . . 3 fr. »

1107. MARTIAL. **Paris intime**, notes et eaux-fortes. 1 vol. in-fol., d.-rel. chag., n. rog., 100 fr., net. . . . . . . . . . . . . . 40 fr. »
Ouvrage entièrement tiré à l'eau-forte, à 500 exemplaires numérotés; après le tirage les cuivres ont été détruits.

1108. MARTIN (Henri). **Histoire de France** (Paris, Furne). 7 vol. gr. in-8°, d.-rel., très propre, nombreuses gravures, 90 fr., net. 40 fr.

1109. MASSILLON. **OEuvres** (Paris, Didot, 1877). 2 vol. in-8°, d.-rel. chag. Portrait, net. . . . . . . . . . . . . . 12 fr. »

1110. MAUPASSANT (Guy de). **Contes choisis** (Paris, Lib. Illustrée). In-8°, br., 10 fr., net. . . . . . . . . . . . . . . . . 5 fr. »
Illustrés de 118 dessins de G. Jeanniot.

1111. *Le même*. **Contes du Jour et de la Nuit** (Paris, Flammarion). In-12 br., couvert., net. . . . . . . . . . . . . . . . . 6 fr. »
Édition originale.

1112. MAURY. **Histoire** des religions de la Grèce antique, depuis l'origine jusqu'à leur complète constitution (Paris, Ladrange, 1875). 3 vol. in-8°, d.-rel., chag. v., net. . 70 fr. »
Ouvrage épuisé et très rare.

1113. MAZUY. **Types et Caractères anciens**, d'après des documents peints ou écrits, dessins par Th. Fragonard et Dufey (Paris, Delloye, 1841). In-4°, cart., cachet sur le titre, net. . . . . . . . . . . . . . . . . 6 fr. »

1114. **Mélanges**, tirés d'une grande bibliothèque (Paris, 1779-1784). 45 vol. in-8°, v., filets, net. . . . . . . . . . . . . . . 45 fr. »
Bel exemplaire aux armes de Mme la princesse de Ligne.
Armoiries rares.

1115. MENDEZ (Th.-A.). **Essai sur le duel** (Paris, Appert et Vavasseur, 1854). In-8° br., rare, net. . . . . . . . . . . . . . . 10 fr. »

1116. MENOCHII. **Commentarii** totius sacræ scripturæ, ex optimis quibusque auctoribus collecti a Doctissima patre Josepho Tournemine Soc. Jesu (Venitiis, 1758). 3 tomes en 1 vol. in-fol., v., net. . . . . . . . . . . . . 5 fr. »

1117. MÉRAY (Antony). **La Vie au temps** des cours d'amour, croyances, usages et mœurs intimes des XIe, XIIe et XIIIe siècles, d'après les chroniques, gestes, jeux, partis et fabliaux

(Paris, Claudin, 1876). Petit in-8°, d.-rel., amateur, mar. orange, dos orné, n. rog., net. . . . . . . . . . . . . . . . . 12 fr. »

1118. MERCIER. **La Brouette du vinaigre**, drame en trois actes (Paris, 1775). In-8°, d.-rel., net. . . . . . . . . . . . . . . 3 fr. »

1119. **Mercure** (Le), postillon de l'un à l'autre monde, trad. de l'italien en français, par un amateur de la vérité (A Liège, chez Claude Guibert). In-18, v., net. . . . 5 fr. »
Rare.

1120. MIRABAUD. **Bibliographie des œuvres de Rodolphe Topffer**, introduction par A. Parran (Paris, Hachette, 1887). Gr. in-8° br., portrait, papier de Hollande, net. 4 fr. »

1121. MIRECOURT (Eugène de). **Portraits et silhouettes du XIX° siècle** (Paris, 1867). 2 vol. in-8°, cart. n. rog. Portraits, net. 9 fr.

1122. MICHAUD et POUJOULAT. **Mémoires** relatifs à l'histoire de France. Chaque vol., cart., net. . . . . . . . . . . . . . . . . 4 fr. »
Comte de Brienne, M. de Fontrailles, Turenne, etc.
Maréchal de Bassompierre, maréchal d'Estrées, Th. du Fossé.
Ph. de Commines, J. de Troyes, J. Bouchets, le Loyal serviteur, etc.
Fontenay-Mareuil, M. de Marillac, duc de Rohan, etc. G. de Saulx-Tavannes, G. de Caligny, G. de Rochechouart, etc.
P. de La Porte, Mme de La Fayette, marquis de la Fare, marquise de Caylus, etc.
R. de La Mark, Louise de Savoie, Martin et Guillaume Du Bellay.
Blaise Montluc, François Rabutin, maréchal de Vieilleville, J. Mergey, F. de La Noue, etc.
Maréchal de Villars, comte de Forbin, Duguay-Trouin.

1123. MILLEVOYE. **OEuvres complètes**, édition du bibliophile Jacob. 3 vol. in-8°, papier de Hollande avec 7 eaux-fortes de Lalauze. Broché, 30 fr., net. . . . . . . . . . 13 fr. »

1124. Molière jugé par ses contemporains, conversation dans une ruelle de Paris sur Molière défunt, par Donneau de Visé (1673). L'Ombre de Molière, par M. de Brécourt (1674). Vie de Molière, par Lagrange (1682). M. de Molière, par A. Baillet (1686). Poquelin de Molière, par Ch. Perrault (1697), etc. (Paris, Liseux, 1877). In-12, d.-rel. amateur, net. . . . . . . . . . . . . . . . . 7 fr. »

1125. MOLIÈRE. **Psyché**, tragédie-ballet, ornée de 6 planches hors texte et de 6 culs-de-lampe, gravés à l'eau-forte par Champollion et publiée sous la direction de M. E. Bocher. (Paris, 1880). In-fol. br., net. . . . 150 fr. »
Exemplaire numéroté sur papier de Chine avec triple épreuve des eaux-fortes.

1126. Le même. **Œuvres**, préc. d'une notice sur sa vie et ses ouvrages, par Sainte-Beuve (Paris, Paulin, 1835). Jolies illustrations de T. Johannot. 2 vol. in-8°, d.-rel. v., tr. marb., net. . . . . . . . . . . . . . . . . 48 fr. »

1127. Le même. **Théâtre complet.** Préface par D. Nisard (Paris, Jouaust, 1876). 8 vol. in-4° br., net . . . . . . . . . . . . . 400 fr. »
Exemplaire en grand papier vergé.
Édition dite du Soleil, entièrement épuisée, dessins de L. Leloir, gravés à l'eau-forte par Flameng, épreuves en double état avec et avant la lettre.
Le même, papier vergé, épuisé, 240 francs, net. . . . . . . . . . . . . . . . . 200 fr. »

1128. **Monde** (Le) pour rire, 1868-69, 96 premiers numéros en 1 vol. in-fol., d.-rel., net. . . . . . . . . . . . . . . . . 5 fr. »
Quantité de caricatures.

1129. MONNIER (Henry). **Les Bourgeois aux champs** (Paris, Lévy, 1858). In-8° cart., net. . . . . . . . . . . . . . . . . 4 fr. »
Épuisé et rare.

1130. MONTAIGNE. **Essais** donnez sur les plus anciennes et les plus correctes éditions, avec des notes par P. Coste (Paris, 1725). 3 vol. in-4°, veau. Beau portrait, net. 15 fr. »

1131. Le même. **Essais**, avec des notes de tous les commentateurs, édition revue sur les textes originaux (Paris, Didot, 1879). Gr. in-8° d.-rel. chag., n. rog. Portrait. 10 fr., net. . 6 fr. 50

1132. MONTESQUIEU. **Considérations** sur les causes de la grandeur des Romains et de leur décadence, notice et notes par Franceschi (Paris, Jouaust, 1876). In-12 cart., n. rog., papier de Hollande, net. . . . . . . . 3 fr. »

1133. MONTGERON (De) **La Vérité des Miracles** opérés par l'intercession de M. de Paris, démontrée contre M. l'archevêque de Sens (Utrecht, 1737). In-4°, veau, net. . . . 8 fr. »

1134. MONTIFAUD (Marc de). **Racine et la Voisin**, avec un portrait de la Voisin gravé par Hanriot, d'après Coypel (Paris, 1878). Petit in-8°, d.-rel. mar. v., tête dor., n. rog., net 5 fr. »
Tiré à 100 exemplaires numérotés.

1135. MONTREUIL. **Poésies** augmentées de pièces inédites, publiées avec préface et notes, par O. Uzanne (Paris, 1878). Petit in-8°, br. Eaux-fortes. Épuisé, net . . . . . . 10 fr. »

1136. MORIN (Louis). **Le Cabaret du Puits sans vin** (Paris, Delagrave). Gr. in-8° cart., nombreux dessins en couleurs, net . 6 fr. »

1137. MOUTON (Eugène). **La Physionomie** comparée, traité de l'expression dans l'homme, dans la nature et dans l'art (Paris, Ollendorff, 1885). In-8° cart., portrait, net. . . . 4 fr. »

1138. **Musée Élégant** (Le). Galeries publiques de l'Europe (Paris, Lamothe). 8 vol. in-fol. fers spéciaux, 160 fr., net. . . . . . . 75 fr. »
Rome, Italie, Florence, la Russie, 2 vol.; les Reines du monde, la Révolution française, 2 vol.

1139. **Musée Français-Anglais.** Journal d'illustrations mensuelles dirigées par Ch. Philippon (Paris). N° 1 à 24, janvier 1855 à décembre 1856, en 1 vol. in-fol., d.-rel., net 1 fr. »
Nombreux dessins de G. Doré, H. de Montaut, etc., épisodes de la guerre d'Orient.

1140. **Musée Français**, n° 46, octobre 1858, au n° 55, juillet 1859. Journal amusant dirigé par Philipon, octobre 1858 au 17 septembre 1859, en 1 vol. in-fol. cart., net. . . . . . . . 8 fr. »
Nombreux dessins et caricatures d'après C. Nanteuil, Tassaert, Pils, Riou, Nadar, Randon, etc. Guerre d'Italie, Salon, etc.

1141. MUSSET (A. de). **Nouvelles** (suite de), 1 portrait gravé par Burney d'après un portrait de famille, cinq grandes compositions de François Flameng, gravées à l'eau-forte par Mordant, dix vignettes composées par Cortazzo et gravées par Lucas, et la composition refusée pour Emmeline, dessinée par Flameng et gravée par Mordant en deux états avec et avant lettre, ensemble 17 pièces. Épuisé, net. . . 60 fr. »

1142. *Le même*. Œuvres, ornées de dessins de Bida (Paris, Charpentier, 1867). Gr. in-8° d.-rel., 20 fr., net . . . . . . . . . . 10 fr. »

1143. MULLER (Eugène). **Le Jour de l'An** et des étrennes, histoire des fêtes et des coutumes de la nouvelle année, chez tous les peuples dans tous les temps (Paris, Dreyfous). Gr. in-8° br., illust. de 200 grav., net 6 fr. »

1144. NADAUD. **Chansons de salon**, légères, populaires (Paris, 1879). 3 vol. in-12, d.-rel. chag. tête dor., n. rog., net. . . . . 18 fr. »

Eaux-fortes par Edmond Morin.

1145. *Le même*. **Contes**, récits et scènes en vers (Paris, 1877). In-8° maroq. bleu, filets dos orné, large dent. int., net . . . . . . 60 fr. »

Épuisé.
Illustré de 6 eaux-fortes, papier de Chine, tiré à 25 exemplaires.

1146. NAUDE (Gabriel). **Parisien**. Advis pour dresser une bibliothèque (Paris, Liseux, 1876). In-12, d.-rel. amateur, net. . . 7 fr. »

1147. NETTEMENT. **Histoire de la Littérature française** sous la Restauration. 2 vol. Sous le gouvernement de Juillet, 2 vol. (Paris, Lecoffre). Ens. 4 vol. in-8°, br., net. . . 8 fr. »

1148. NEWSKI (Pierre). **Le Fauteuil fatal.** Illustrations de F. Fau (Paris, 1888). In-8° d.-rel., net . . . . . . . . . . . . . . . 3 fr. 50

1149. NICOLAY. **Description** générale du Bourbonnais en 1569 ou histoire de cette province, villes, bourgs, châteaux, fiefs, monastères, familles anciennes, etc., publiée par le comte d'Hérisson (Moulin, Desrosiers, 1875). In-4°, d.-rel., 15 fr., net . . . . . . . 9 fr. »

1150. NODIER (Charles). **Contes** (Paris, 1859). In-8°, d.-rel. chag., net . . . . . . . 5 fr. »

Eaux-fortes de T. Johannot.

1151. OHNET (G.). **La comtesse Sarah. — La Grande Marnière.** Chaque vol. gr. in-8°, br., illustré, au lieu de 10 fr., net. . . . . 6 fr. »

1152. OLIVIER (Jacques). **Alphabet** de l'imperfection et malice des femmes, revu, corrigé et augmenté d'un friand dessert et de plusieurs histoires pour les courtisans et partisans de la femme mondaine (Paris, Barraud, 1876). Gr. in-8°, d.-rel. amateur maroq. citron, dos orné, tête dor., n. rog., net . . . . . . . 50 fr. »

Exemplaire sur papier de Hollande avec les eaux-fortes avant la lettre.

1153. PAILLARD. **Croquis Algériens** à l'eauforte, 25 planches (Paris, 1893). In-fol. en portefeuille, 150 fr., net . . . . . . . . . 65 fr. »

1154. PALUSTRE. **La Renaissance en France** (Paris, Quantin). In-fol., br. Papier de Hollande avec une double suite des eaux-fortes avant lettre sur japon ; chaque livraison 50 fr., net . . . . . . . . . . . . . . . . . 25 fr. »

Nord, Pas-de-Calais et Somme, Oise, Aisne, Seine-et-Marne, Fontainebleau, Seine-et-Oise, Seine.

1155. *Le même*, sur papier vélin avec une suite des eaux-fortes sur Hollande, chaque livraison, 25 fr., net . . . . . . . . . 12 fr. »

Nord, Pas-de-Calais et Somme, Seine, Ille-et-Vilaine, Côtes-du-Nord et Finistère.

1156. **Paris** nouveau, illustré, 22 numéros. La France nouvelle illustrée, Marseille, Amiens, Le Havre, Paris incendié, histoire de la Commune de 1871. Ensemble, 1 vol. in-fol. d.-rel., net. . . . . . . . . . . . . . 15 fr. »

1157. PARMES (Roger de). **Le Directoire**, portefeuille d'un incroyable, préface par G. d'Heylli (Paris, Rouveyre, 1880). In-8°, d.-rel. amateur, maroquin bleu, dos orné, non rogné. Épuisé, net . . . . . . . . . . . . . . 18 fr. »

Compositions et dessins de J. Le Natur, gravés par L. Rouveyre, de Malval, Puyplat et Prunaire.

1158. PASQUIER (Estienne). **Œuvres**, contenant ses recherches de la France, son plaidoyé par le duc de Lorraine, celuy de M. Versoris pour les jésuites, contre l'Université de Paris (Amsterdam, 1723). 2 vol. in-fol. veau, net. . . . . . . . . . . . . . . . . . . 6 fr. »

1159. PEIGNOT (Gabriel). **Histoire d'Hélène Gillet** ou relation d'un événement extraordinaire et tragique survenu à Dijon dans le XVII° siècle, etc. (Dijon, Lagier, 1829). Plaquette in-8°, d.-rel. chag., net . . . 10 fr. »

Très rare.

1160. PERRAULT. **Contes.** Dessins par G. Doré, préface par P.-J. Stahl (Paris, Hetzel, 1876). In-fol., d.-rel. amateur, net . 20 fr. »

1161. PERRAULT. **Contes de** (Les), continués par Thimothée Trimm, illustrés par H. de Montaut (Paris, 1865). In-fol., br., net. 5 fr. »

1162. **Perroniana et Thuana** ou Pensées judicieuses, bons mots, rencontres agréables et observations curieuses du cardinal du Perron (Cologne, 1694). In-18, d.-rel., n. rog., rare en cet état, net. . . . . . . . . . . . . 4 fr. »

1163. PERRONET. **Description** des projets de la construction des ponts de Neuilly, Mantes, d'Orléans et autres, du projet du canal de Bourgogne et de celui de la conduite des eaux de l'Yvette et de Bièvre à Paris (Paris, Imp. Roy., 1782). 2 vol. Supplément (Paris, Didot, 1789). 1 vol., ens. 3 vol. in-fol., veau, net. 100 fr. »

Ouvrage estimé, contenant de nombreuses planches et 1 portrait.

1164. PETITOT. **Répertoire du Théâtre Français** ou Recueil des Tragédies ou Comédies restées au Théâtre depuis Rotrou (Paris, Didot, 1801). 33 vol. in-8°, d.-rel., net. . . 25 fr. »

1165. PEUCHET. **Dictionnaire universel de la géographie commerçante** (Paris, 1799). 5 vol. in-4°, d.-rel., net. . . . . . . . . . . 12 fr. »

1166. PEZAY (M. de). **Zélis au bain**, poème en quatre chants, réimpression de l'édition de Genève, s. d. (Paris, Rouveyre, 1882). In-8°, br., jolies figures d'Eisen, exemplaire numéroté, 25 fr., net. . . . . . . . . . . . . 12 fr. »

*Le même*, cart., net. . . . . . . . 14 fr. »

1167. **Le Musée ou Magasin comique**, contenant 800 dessins par Cham, Gavarni, Grandville, etc., texte par Cham, Huart et autres (tome II) (Paris, Aubert, s. d.). In-4° à 2 col., broché, avec sa couverture, net . . . 15 fr. »

Ce volume contient les livraisons 25 à 48.

1168. PHIPPS. **Voyage au pôle boréal fait en 1773** (Paris, 1773). In-4°, veau, nombreuses planches, net. . . . . . . . . . . . . 5 fr. »

1169. **Photi** myriobiblion sive bibliotheca librorum quos legit et sensuit photius patriarcha constantinopolitanus græce edidit D. Hoeschelius latine veroreddidit et scholiis auxit A. Schottus Antverpianus (Rothomagi, 1653). In-fol., v., net. . . . . . . . . . . . . 4 fr. »

1170. PIIS et BARRÉ. **Le Printemps**, divertissement pastoral — **Les Amours d'Eté**, divertissement en un acte — **La Matinée et la Veillée villageoise** ou le **Sabot perdu** (Paris, 1782), en 1 vol. in-32, veau, net . . . 2 fr. 50

1171. PIRON. **Œuvres** inédites. Prose et vers, accompagnées de lettres inédites adressées à Piron par M^lles Quinault et de Bar, introduction et notes par H. Bonhomme (Paris, Poulet-Malassis, 1859). In-8°, d.-rel., épuisé et rare, bon exemplaire, net. . . . . . . . . . 8 fr. »

1172. PLINE second. **Histoire du Monde.** A quoy a esté adiousté un traité des poix et mesures antiques, réduites à la façon des Français, le tout mis en français par A. Du Pinet (Lyon, Claude Senneton, 1566). 2 vol. in-fol., veau, net. 5 fr. »

1173. POE (Edgar). **Les Poémes** (Bruxelles, Deman, 1888). Gr. in-8°, br., net . . 30 fr. »

Portrait et fleuron par Edouard Manet.

1174. POUCHET. **L'Univers**, les infiniment grands et les infiniment petits (Paris, Hachette, 1868). Gr. in-8°, d.-rel. chag., coins, tête dor., n. rog., net. . . . . . . . . . . . . . 12 fr. »

Illustré de 345 vignettes sur bois et 4 planches en couleurs.

1175. POULET-MALASSIS. **Album** d'ex-libris français (Paris, Rouquette, 1875). Gr. in-8°, 24 planches, net. . . . . . . . . . 15 fr. »

1176. PRÉVOST (L'Abbé). **Histoire de Manon Lescaut et du Chevalier des Grieux**, précédée d'une étude par A. Houssaye (Paris, Jouaust, 1874). 2 vol. in-12, br., net . . . . 25 fr. »

Epuisé et rare. Eaux-fortes de Edmond Hédouin.

1777. *Le même.* **Histoire de Manon Lescaut et du Chevalier des Grieux**, précédée d'une préface par A. Dumas fils (Paris, Glady, 1875). In-8°, br., 30 fr., net. . . . . . . . . 15 fr. »

Eaux-fortes de Léopold Flameng.

1178. **Procès-verbaux de l'Académie royale de peinture et sculpture** (1648-1792). 9 vol. in-8°, br., net. . . . . . . . . . . . . 15 fr. »

1179. **Pyrotechnie militaire** (La) (1591), par Maître Johan Bory de Liège (Paris, Berger-Levrault, 1892). Br., in-8°, figures, net . 2 fr. »

1180. **Quatre** (Les) Saisons du Parnasse ou Choix de poésies légères depuis le commencement du XIX^e siècle. Eté (Paris, de l'imp. de Didot, 1805). In-12, cart., n. rog., frontispice avant lettre, net . . . . . . . . . . . . 4 fr. »

1181. QUATRELLES. **A coups de fusil** (Paris, Charpentier). Bonne reliure. Gr. in-8°, d.-rel. amateur, chag., n. rog., net. 20 fr. »

Bel ouvrage illustré de 50 dessins hors texte par A. de Neuville, dont 12 au fusain et 18 à la plume, fleurons et culs-de-lampe.

1182. QUÉPAT (Nérée). **La Lorgnette philosophique.** Dictionnaire des grands et des petits philosophes de mon temps (Paris, 1872). In-8°, br. Epuisé, net . . . . . . . . . . . . 5 fr. »

1183. QUÉRARD. **Les Supercheries littéraires dévoilées**, seconde édition augmentée, publiée par G. Brunet et P. Jannet (Paris, Daffis, 1869). 3 vol. gr. in-8°, d.-rel. chag., bon exemplaire, net. . . . . . . . . . . . 45 fr. »

1184. QUEVEDO-VILLEGAS. **Histoire de Don Pablo de Ségovie**, surnommé l'Aventurier Buscon, traduite par Germond de Lavigne (Paris, Warée, 1843). In-8°, cart., n. rog., couverture et vignettes, net. . . . . . . . . 4 fr. »

1185. RABAUT. **Almanach historique de la Révolution Française pour 1792** (Paris, Onfroy). In-18, basane, net . . . . . . . . . . 10 fr. »

6 jolies figures de Moreau.

1186. RABELAIS. **Œuvres.** Édition conforme aux derniers textes revus par l'auteur avec une notice et un glossaire par P. Jannet (Paris, Librairie Illustrée). 2 vol. gr. in-8°, br. Épuisé, net . . . . . . . . . . . . . . 30 fr. »

Illustrations en noir et en couleurs par Robida.

1187. RACINE (Jean). **Œuvres**, précédées d'une notice sur sa vie et ses ouvrages, par L. Auger (Paris, Jouvet, 1881). In-8°, d.-rel., chag., tête dor., n. rog., portrait, net. 7 fr. »

1188. RACINE (L.). **Poème sur la Grâce** (Paris, 1722). In-8°, d.-rel., rare, portrait ajouté, net. . . . . . . . . . . . . . . 3 fr. 50

1189. RAMBOSSON. **Histoire et légendes des Plantes utiles et curieuses** (Paris, Didot, 1868). In-8°, d.-rel., chag., pl. toile, 8 fr. 50, net. . . . . . . . . . . . . . . . 4 fr. »

1190. REGNARD. **Voyage de Laponie**, précédé d'une notice par A. Lepage (Paris, 1875). In-12, d.-rel. amateur, net . . . . . . 3 fr. 50

1191. RÉGNIER (Mathurin). **Œuvres complètes**, accompagnées d'une notice biographique et bibliographique de variantes, de notes, d'un glossaire et d'un index par E. Courbet (Paris, Lemerre, 1875). In-8°, d.-rel. mar. grenat, n. rog., net. . . . . . . . . . . . . 10 fr. »

1192. **Remonstrance** aux François pour les induire à vivre en paix à l'advenir, 1576 (Paris, Liseux, 1876). In-12, d.-rel. amat , net. 5 fr.

1193. RESTIF DE LA BRETONNE. **L'École des Péres** (Paris, 1776). 3 tomes en 2 vol., in-8°, veau, net. . . . . . . . . . . . . 10 fr. »

1194 **Revue d'Artillerie**, origine octobre 1872 à septemb. 1880, 16 vol., partie officielle 8 vol. Ens., 24 vol., in-8°, d.-rel., net. . . 60 fr. »

1195. **Revue comique**, dirigée par Bertall (Paris, 1871). 9 prem. numéros en 1 vol. in-4°, cart., nombreuses caricatures, net. . 3 fr. »

1196. **Revue des Deux Mondes**, chaque année en 6 vol., excellente d.-rel., chag., 1887, net . . . . . . . . . . . . . . . . 15 fr. »

1889, 1890, 1891, 1892, net. . . . 18 fr. »
Années en livraisons 1880 et 1881, net 10 fr.
1888 et 1889, net. . . . . . . . . . 14 fr. »

1197. RICCOBONI (M^me). **Œuvres complètes** (Paris, Desray, 1790). 8 vol., in-8°, veau, net . . . . . . . . . . . . . . . . 20 fr. »

1198. RIVALS (Capitaine). **Réglage et organisation** du tir des batteries de côte (Paris, Berger-Levrault, 1892). In-8°, br., net. 3 fr. 50

1199. ROBERT. **Fables** inédit. du XII^e, XIII^e,

XIV⁰ siècle et fables de La Fontaine, rapprochées de tous les auteurs qui avaient avant lui traité les mêmes sujets, précédée d'une notice sur les fabulistes, ornée d'un portrait de La Fontaine, de 90 grav. en taille-douce et de 4 facsimilés (Paris, Cabin, 1825). 2 vol., in-8°, d.-bas., net . . . . . . . . . . . . . . . 15 fr. »

1200. ROCHEFORT (Henri). **La Lanterne,** 11 premiers numéros. Biographie de Rochefort, par E. de Mirecourt, ens., 1 vol. in-32, d.-rel., chag., net . . . . . . . . . . . . . 3 fr. 50 »

1201. ROCHON (l'Abbé). **Voyage** à Madagascar et aux Indes orientales (Paris, Prault, 1791). In-8°, cart., net . . . . . . . . . . . . 5 fr. »

1202. ROLLIN. **Histoire ancienne,** 1730. 14 vol., in-12, veau, net. . . . . . . 10 fr. »

1203. **Rome** dans sa grandeur, vues, monuments anciens et modernes, description, histoire institutions, dessins d'après nature par Félix et Philippe Benoist (Paris, Charpentier). 50 livr., in-fol., 150 fr., net. . . . . . . . . 80 fr. »

1204 ROUSSEAU (J.-J.). **Œuvres** avec des notes historiques (Paris, Didot, 1868). 4 vol., gr. in-8°, d.-rel., veau, portrait, 40 francs, net . . . . . . . . . . . . . . . . 25 fr. »

1205. *Le même.* **Œuvres,** tome IX, contenant la lettre à d'Alembert. De l'imitation théâtrale. Le théâtre (Paris, Didot, 1801). In-8°, d.-rel. v. fau., tête dor., n. rog., net . . . . 20 fr. »
Figures de Moreau.
On a ajouté à cet exemplaire le portrait de d'Alembert par Saint-Aubin et 12 figures de Marillier et Deveria, épreuves avant lettre.

1206. RUTLEDGE. **Poésies** diverses de M. le Chevalier de R***, ancien capitaine de cavalerie (La Haye, 1768). In-8°, br. Vignette et frontispice, net. . . . . . . . . . . . . . . 4 fr. »

1207. SAINT-ALBIN (A. de). **Les Salles d'armes de Paris** (Paris, Glady, 1875). Gr. in-8° br., portraits, 30 fr., net . . . . . . 14 fr. »

1208. SAINTE-BEUVE. **Galerie** des grands écrivains Français, tirée des causeries du lundi et des portraits littéraires (Paris, Garnier, 1878). Gr. in-8°, d.-rel., nombr. portr., net. 12 fr. »

1209. **Sainte-Bible** (La), trad. en français (Anvers, Plantin, 1717). 2 vol., in-fol., veau, net. . . . . . . . . . . . . . . . . 7 fr. »

1210. **Sainte-Bible** (La), trad. par Lemaistre de Sacy (Paris, Furne, 1864). Gr. in-8°, d.-rel., chag., planches, net . . . . . . . . 12 fr. »

1211. SAINT-LAMBERT. **Les Saisons,** poëme (Paris, Didot, 1796). Gr. in-4°, pap. vélin, mar. bleu, dos orné, tête dor., net . . . . 80 fr. »
Exemplaire non rogné, rare en cet état, contenant la suite des 4 figures de Chaudet, gravées par Morel. Exemplaire auquel on a ajouté une suite de 4 belles planches en couleurs représentant le Printemps, l'Eté, l'Automne et l'Hiver.

1212. SAINT-PIERRE (Bernardin de). **Paul et Virginie** et la Chaumière indienne, contenant le portrait du docteur par Meissonier (Paris, Curmer, 1838). Gr. in-8°, mar. rouge, tr. dor., net . . . . . . . . . . . . . . . . 80 fr. »
*Le même,* d.-rel., maroquin rouge, n. rog., net . . . . . . . . . . . . . . . . 50 fr. »
Un des plus beaux ouvrages illustrés du XIX⁰ siècle. d'environ 450 vignettes et de 29 planches gravées sur

bois par des artistes français et anglais : Meissonier, à lui seul, en a dessiné 139.

1213. *Le même.* **Paul et Virginie,** suivi de la Chaumière indienne, précédé d'une notice par Ste-Beuve (Paris, Furne, 1863). Gr. in-8°, d.-rel. chag., rou., tête dor., n. rog., net. . 35 fr. »
Illustré de 7 portraits, 28 grands bois tirés à part et plus de 450 vignettes dans le texte, d'après T. Johannot, Meissonier, Français, Isabey, etc.

1214. *Le même.* **Paul et Virginie,** précédée d'une préface de J. Janin (Paris, Jouaust, 1869). In-8°, d.-rel. amateur, mar. bleu, dos orné, n. rog., net . . . . . . . . . . . . . 25 fr. »
Epuisé. Exemplaire numéroté sur papier de Hollande avec les eaux-fortes de Foulquier.

1215. *Le même.* **La Chaumière indienne,** suivie du café de Surate, publ. par A. Piedagnel (Paris, 1875). In-12, d.-rel., amat. net. 3 fr. 50

1216. SAINT-SURNIN (Mᵐᵉ Rose de). **Le Bal des élections** (Paris, Janet, s. d., 1827). In-32, veau vert. tr. dor., net. . . . . . . 5 fr. »
Titre gravé et charmante figure; jolie reliure de l'époque, compartiments à froid, filets.

1217. SAINTINE (X. B.). **Picciola** (Paris, Hetzel). In-8°, cart., eaux-fortes de Flameng, net. . . . . . . . . . . . . . . . . 4 fr. »

1218. SAIONZI. **Poèmes de la Libellule,** traduits du japonais par Judith Gautier (Paris, Gillot). In-4°, br., pap. du Japon, net. . 15 fr. »
Bel ouvrage, nombreuses illustrations japonaises de Yamamoto.

1219. SARASIN (François). **Poésies** augmentées de documents nouveaux et de pièces inéd., publiées avec notices, préface et notes par O. Uzanne (Paris, 1877). In-12, d.-rel. amat., mar. vert, dos orné, n. rog., net. . . . . 12 fr. »
Portrait à l'eau-forte de Lalauze, frontispice, vignettes et culs-de-lampe.

1220. **Satyre ménippée** (La) ou la vertu du catholicon, selon l'édition princeps de 1594, introductions et éclaircissements, par M. Ch. Read (Paris, 1876). Br., net. . . . . 18 fr. »
In-16, tiré in-8°, en grand papier de Hollande, numéroté, avec un joli portrait.

1221. Senecæ philosophi opera quæ exstant omnia a Justo Lipsio (Antwerpiæ, ex-officina Plantiniana, 1632). In-fol., v., compart. à froid, net. . . . . . . . . . . . . . . . . 4 fr. »

1222. SEVE (M.). **Lyonnais-Delie,** objet de plus haute vertu, poésies amoureuses (Lyon, Scheuring, 1862). Pet. in-8°, d.-rel. amat., maroq. rouge antique, net. . . . . . 18 fr. »

1223. SÉVIGNÉ (Mᵐᵉ de). **Lettres.** précédées d'une notice historique et littéraire (Paris, Jouvet, 1883). In-8°, d.-rel., net. . . . . 3 fr. 50

1224. SHAKESPEARE. **Œuvres** trad. par Guizot (Paris, Didier). 8 vol. in-8°, br., net. 25 fr.

1225. SIMOND (Lieutenant E.). **Le 28⁰ de Ligne,** historique du régiment d'après les documents du Ministère de la Guerre (Rouen, 1889). In-4°, br., 15 francs, net. . . . . . . 8 fr. »

1226. SIMONIN. **La Vie souterraine ou les Mines et les Mineurs** (Paris, Hachette, 1867). Gr. in-8°, bonne demi-rel., 30 fr., net. 15 fr.
Illustré de 160 gravures sur bois, de 50 cartes tirées en couleurs et de 10 planches en chromolithographie.

1127. **Souvenir d'un Voyage en France.** 40 dessins à l'aquarelle : vues de Saintes, Taillebourg, Saintonge, Calvados, etc., net. 35 fr.

1128. **Souvenirs de Hué** (Cochinchine), par Michel Du'c Chaigneau, fils de J.-B. Chaigneau, consul de France à Hué (Paris, Impr. impér., 1867). In-8° br., net . . . . . . . . . 4 fr. »

1229. **STAEL** (M^me de). **Œuvres** complètes, 2 v. — Œuvres posthumes, 1 vol. (Paris, Didot, 1871). Ens. 3 v. gr. in-8°, d.-chag., net. 18 fr.

1230. **STANLEY** (Henri). **Cinq années au Congo,** 1879-1884 (Paris, Dreyfous). Gr. in-8°, demi-rel. chag. rouge, plats toile, tr. dorées, 14 fr., net . . . . . . . . . . . . . 9 fr. »
*Le même,* cart. toile, fers spéciaux, net. 7 fr.

1231. **STERNE** (Laurence). **Voyage sentimental** en France et en Italie ; traduction nouvelle, par A. Hédouin (Paris, Jouaust, 1895). In-12 br., net . . . . . . . . . . . . . 25 fr. »
Épuisé et rare avec de jolies eaux-fortes par Edmond Hédouin.

1232. *Le même.* **Voyage sentimental en** France et en Italie ; traduction nouvelle et notice, par E. Blémont (Paris, Launette, 1884). Gr. in-8° br., couverture illustrée, net. 30 fr.
Illustrations de M. Leloir, comprenant 220 dessins dans le texte et 12 grandes compositions hors texte.

1233. **SUE** (Eugène). **Les Mystères du Peuple** à travers les âges (Paris, Lachatre, s. d.). 10 v. gr. in-8°, demi-rel. veau. *Nombreuses gravures,* net . . . . . . . . . . . . . 40 fr. »

1234. **SWIFT. Les Voyages de Gulliver.** Traduction nouvelle de Gausseron; illust. en couleurs par Poirson. 1 vol. gr. in-8° de 400 pages, orné de 245 gravures imprimées en aquarelle de six à dix tons de couleurs. Cartonné toile, fers spéciaux, 12 fr., net . . . . . . . . . . . 7 fr. »

1235. **TACITE. Œuvres,** édit. Panckoucke. 7 vol. in-8°, br., net . . . . . . . . 10 fr. »

1236. **TAMENAGA SKOUNSOUI. Les Fidèles Ronins,** roman historique japonais, trad. sur la version anglaise, par Gausseron, illustré par Kei-Sai Yei-Sen de Yedo (Paris, 1882) Petit in-8°, cart. Bradel, 12 fr., net . 6 fr. »
*Le même,* broché, net . . . . . . 4 fr. »

1237. **TAPHANEL** (Achille). **Le Théâtre de Saint-Cyr,** 1689-1792, d'après des documents inédits (Versailles, 1876). In-8°, demi-rel. amat. maroq. Laval., dos orné, tête dorée, non rogné, net . . . . . . . . . . . . . . . . 15 fr. »
Joli portrait de M^me de Maintenon.

1238. **TASSE. La Jérusalem délivrée.** poème traduit de l'italien (par Le Brun). Édition enrichie de la vie du Tasse, par Suard (Paris, Bossange, 1803). 2 vol. in-8°, v. marb., filets dos orné, tr. dor., net . . . . . . . . . 25 fr. »
Portrait par Chasselot, gravé par Delvaux et 20 figures par Lebarbier.

1239. **TAVERNIER** (J.-B.). **Nouvelle relation** de l'intérieur du sérail du grand seigneur, contenant plusieurs singularitez qui jusqu'icy n'ont point esté mises en lumière (Paris, Clouzier 1675). In-4°, mar. rouge, jans., dent. intér., tr. dor., net . . . . . . . . . . . 45 fr. »
Joli portrait, titre gravé et belle planche.

1240. **TAVERNIER** (Nicolaus). **Illustrissimo** abbati Camillo de Louvoy Regiæ. Bibliothecæ præposito, cum loca virgilii difficillima enodaret et exponerat. Ode. 7 feuillets en une plaquette in-4°, net . . . . . . . . . . . 3 fr. »

1241. **Théâtre.** Trois pièces en 1 vol. In-32, veau, net . . . . . . . . . . . . . 2 fr. 50
*Isabelle Hussard,* parade en 1 acte et en vaudeville, Paris, 1782; *Les Vendangeurs où les deux baillis,* divertissement en 1 acte et en vaudeville, Paris, 1781; *Cassandre astrologue ou le préjugé de la sympathie,* comédie-parade, Paris, 1782.

1242. **Théâtre.** Trois pièces en 1 vol. in-32, veau, net . . . . . . . . . . . . . . 2 fr. 50
*Cassandre oculiste ou l'oculiste dupe de son art,* comédie-parade, Paris, 1781; *L'Opéra de Provence,* nouvelle parodie d'Armide, Paris, 1782; *Aristote amoureux ou le philosophe bridé,* opéra-comique, Paris, 1781.

1243. **THIERS. Histoire de la Révolution, du Consulat et de l'Empire** (Paris, Furne). 7 v. gr. in-8°, d.-rel., bon état. *Gravures,* 100 fr., net . . . . . . . . . . . . . . . 55 fr. »

1244. **THOMPSON. Les Saisons,** poëme (Paris, Pissot et Nyon, 1789). In-8°, veau, filets, dos orné, net . . . . . . . . . . . . . 15 fr. »
Titre et figures d'Eisen.

1245. **THUCYDIDE. De Bello Peloponnesiaco** Quid in hac editione præflitum sit, præfatio ad lectorem indicabit. (Oxoniæ, 1696). In-fol. veau, net . . . . . . . . . . . . 3 fr. »

1246. **TIBULLE. Élégies,** avec des notes et des recherches de mythologie, d'histoire et de philosophie, suivies des **Baisers de Jean Second,** trad. nouvelle adressée du donjon de Vincennes par Mirabeau l'aîné à Sophie de Ruffey (Tours et Paris, an III). 2 vol. in-8°, cart., non rognés, net . . . . . . . . . . . . . . 20 fr. »
Les portraits de Mirabeau et de Sophie et 11 figures, de Borel, 1 de Marillier. Bel état.

1247. **TILLIER** (Claude). **Mon Oncle Benjamin.** Nouvelle édition illustrée d'un portrait, frontispice et de 42 dessins de Sahib, gravés sur bois par Prunaire, préface de Ch. Monselet (Paris, Conquet, 1881). 2 vol. gr. in-8°, n. rog., net . . . . . . . . . . . . . . . 350 fr. »
Entièrement épuisé.
Magnifique ouvrage sur papier vélin blanc, exemplaire numéroté dans une riche et splendide reliure en maroquin bleu, filets sur les plats, dos orné, doublé de maroquin Lavallière, dentelles intérieures, gardes en soie, tête dorée.
La reliure seule a coûté 300 fr.

1248. **TIMON. Livre des Orateurs** (Paris, Pagnerre, 1842). Gr. in-8°, d.-rel., portraits et quelques piqûres, net . . . . . . . . 20 fr. »

1249. **Tintamarre** (Le). Critique de la réclame, satire des puffistes, 5 janvier 1868 au 28 décembre 1884, en 16 vol. in-fol., cartonnés, net . . . . . . . . . . . . . . . . 60 fr. »
Suite intéressante de cet amusant et comique journal.

1250. **TISSOT** (Victor). **La Suisse inconnue** (Paris, Dentu). Gr. in-8°, br., nombreuses gravures, 10 fr., net . . . . . . . . . . 5 fr. »

**1251. TITE-LIVE. Œuvres complètes**, édit. Pankoucke. 17 vol. in-8°, br., net. . 25 fr. »

**1252. TOPPFER. Premiers Voyages en zig-zag** ou excursions d'un pensionnat en vacances dans les cantons Suisses où sur le revers Italien des Alpes (Paris, Garnier, 1878). In-8°, d.-rel., 12 fr., net . . . . . . . . . . . . . . . 6 fr. »

**1253. Tour du Monde**, nouveau journal des voyages, illustré par nos plus célèbres artistes de l'origine, 1860 à 1894, 35 années en 34 vol. in-4°, d.-rel. chag., net. . . . . . . 350 fr. »

Bonne collection dans une très bonne reliure de bibliothèque.

·*La même* collection, de l'origine à 1893, 34 années, dont 17 reliées en 34 vol., d.-basane, le reste en livraisons, net. . . . . . 225 fr. »

Bonne occasion.

**1254. TOUCHATOUT. Le Trombinoscope**, dessins de Moloch (Paris, 1882). Gr. in-8°, br., 10 fr., net . . . . . . . . . . . . . . 6 fr. »

**1255.** *Le même*. **Histoire de France tintamaresque**, illustrée par G. Lafosse, Draner, A. Gill, A. Le Petit, Robida, etc. (Paris). 1 vol. gr. in-8°, d.-rel., net . . . . . . . . 7 fr. »

**1256.** *Le même*. **Histoire tintamaresque de Napoléon III.** 1 vol. gr. in-8°, d.-rel. chag., nombreuses caricatures, manque le titre, net. . . . . . . . . . . . . . . . 6 fr. »

**1257. Traité** de l'artillerie de la marine par le sieur Lempereur, commissaire d'artillerie de la marine (Toulon 1671, Paris, Baudoin, 1890). In-8°, br., net . . . . . . . . . . . . 1 fr. 75

**1258. TRICOTEL (E.). Variétés bibliographiques** (Paris, Gay, 1863). In-12, d.-rel. amateur, maroq. Laval., dos orné, non rogné, rare, net . . . . . . . . . . . . . . . . 12 fr. »

**1259. Triomphe de Cupidon.** 12 dessins fantaisistes, par H. Lossow (Paris, Hinrichsen), portefeuille in-fol., net . . . . . . . . 6 fr. »

**1260. Trophea**, marii de bello cymbr. putat. ad. aed. d. (Cuseb Komal, s. d.). In-fol. maroq. grenat, dos orné, filets, tr. dor., dent. intér., net . . . . . . . . . . . . . . . . 40 fr. »

Très bel exemplaire d'un curieux ouvrage de trophées antiques, planches montées sur onglets.

**1261. TRESSAN. Œuvres** (Évreux, 1696). 12 vol. in-8°, d.-rel., gravures, net. 10 fr. »

**1262. UZANNE. L'Éventail** (Paris, Quantin, 1882). Gr. in-8°, br., couverture illustrée, épuisé et rare, net . . . . . . . . . . . 50 fr. »

Joli ouvrage avec 80 illustrations de Paul Avril en différents tons, gravés en taille-douce.

*Le même*, avec emboîtage, net. . 70 fr. »

**1263.** *Le même*. **Le Miroir du Monde**, notes et sensation de la vie pittoresque (Paris, Quantin, 1888). Petit in-4°, dans un bel emboîtage, épuisé, net. . . . . . . . . . . . . 50 fr. »

160 illustrations de P. Avril, gravées en taille-douce et en chromotypographie.

**1264.** *Le même*. **L'Ombrelle**, le Gant, le Manchon (Paris, Quantin, 1883). In-8°, br., jolie couverture et 80 illust. de P. Avril, gravées en taille-douce. Épuisé, net. . . . . . 40 fr. »

*Le même*, avec emboît. artist., net. 50 fr. »

**1265.** *Le même*. **Son altesse la Femme**

(Paris, Quantin, 1885). In-8°, broché, épuisé, net . . . . . . . . . . . . . . . . . 40 fr. »

Bel ouvrage imprimé sur papier teinté, illustrations par H. Gervex, J. Antonio Gonzalés, A. Lynch, A. Moreau et F. Rops, reproduits en couleurs suivant les procédés de Debucourt.

*Le même* ouvrage avec emboîtage, sans la couverture, net. . . . . . . . . . . . . 40 fr. »

**1266. VACQUERIE (Auguste). Profils et Grimaces** (Paris, Pagnerre, 1864). In-8°, cart., n. rog., net . . . . . . . . . . . . . . . . 4 fr. »

**1267. VADÉ. La Pipe cassée**, poème épitragipoissardihéroïcomique (Paris, Leclerc, 1866). In-8°, d.-rel., amateur, maroq. Laval., tête dor., n. rog., net . . . . . . . . . . . . . . 25 fr. »

Tiré à 200 exemplaires. Exemplaire avec la suite des figures d'Eisen en deux états, sur papier Whatman en noir et sanguine.

**1268.** *Le même*. **La Pipe cassée**, poème épitragipoissardihéroïcomique (Paris, Belin). Plaquette in-fol., br., couvert. illust., net. 6 fr. »

Beau frontispice, nombreuses vignettes, ex. sur Hollande.

**1269. VALLÈS (Jules). La Rue à Londres** (Paris, Charpentier, 1884). In-fol., cart., non rog., 100 fr., net. . . . . . . . . . . . 50 fr. »

Édition ornée de 22 eaux-fortes et de nombreux dessins de Lançon.

**1270. VALLIER. Les Maîtres de l'Art français** contemporain, peinture (Paris, Lévy). In-fol., cart., fers spéciaux, 20 fr., net. 10 fr. »

Contenant 62 planches, reproduction des tableaux de Gérome, J.-F. Millet, G. Doré, Meissonier, H. Regnault, A. de Neuville, Ed. Detaille, J. Breton, Carolus-Durand, Carot, Daumier, Isabey, Diaz, Courbet, Berne-Bellecour, B. Constant, Bonnat, etc.

**1271. VAN DER POORTEN (H.). Animaux et Paysages**, suite d'eaux-fortes précédée d'une notice biographique par H. Havard (Paris, Lévy, 1874). In-1° en portefeuille, net. . . . 8 fr. »

**1272. VASSE. Souvenir** de Belœil, dédié à S. A. S. la Princesse de Ligne (Bruxelles, Deltombe, 1853). In-4°, oblong. pl., net. 3 fr. 50

**1273. VAUQUELIN (Jean),** sieur de La Fresnaye, 1536-1607. L'Art poétique (Paris, Poulet-Malassis, 1862). Pet. in-8°, d.-rel., portrait, net. . . . . . . . . . . . . . . . . 2 fr. 50

**1274. VAUX (Baron de). Les Duels célèbres**, préface par A. Scholl (Paris, 1884). In-8°, br., planches, 20 fr., net. . . . . . . . . 12 fr. »

**1275.** *Le même*. **Les Hommes de Sport**, préface par A. Dumas (Paris, 1887). Gr. in-8°, br., figures, 20 fr., net. . . . . . . . 10 fr. »

**1276. VENTO (Claude). Violette.** Les Grandes Dames d'aujourd'hui (Paris, Dentu, 1886). In-8°, d.-rel. chag., 20 fr., net. . . . 8 fr. »

Illustrations de Saint-Elme Gauthier.

*Le même*, br., net. . . . . . . . . 6 fr. 50

**1277. VERLY. Les Contes Flamands,** relatant les hauts faicts de guerre, d'Amour de Beuverie et aultres advenus ès pays de Flandres, depuis le bon roy Dagobert (Paris, Plon, 1885). Gr. in-8°, d.-rel. mar., coins tête dor., n. rog. Illustrés par Just, net . . . . . . . . . . . . . 7 fr. »

*Le même*, cart., net. . . . . . . . 5 fr. »

1278. **Vie élégante.** Beaux-arts, modes, sport, littérature, voyages (Paris, 1882). 2 vol., gr. in-8°, cart., fers spéciaux, 60 fr., net. 20 fr. »

Nombreux dessins de Robida, Mars, Jean Béraud, etc. Frontispice de Rops.

1279. VILLON (François). **Œuvres** publiées avec préface, notices, notes et glossaires par P. Lacroix (Paris, 1877). In-8°, v., filets, net. 8 fr.

1280. VIVANT-DENON. **Point de lendemain**, conte en prose, réimpres. de l'édition originale de 1777, orné d'une délicieuse vignette inédite (Rouen, Lemonnyer, 1879). Plaq. in-12, épuisée, net. . . . . . . . . . . . . . . . . . . 2 fr. »

1281. VOLTAIRE. **Le Dernier volume** des œuvres de Voltaire, contes, comédie, pensées, poésies, lettres, œuvres inédites et l'histoire du cœur de Voltaire par J. Janin (Paris, Plon, 1862). In-8°, cart., net . . . . . . . . . . . 4 fr. 50

1282. *Le même.* **La Henriade** avec les variantes, s. l. (Paris, Prault, 1746). In-12, mar. vert, filets, tr. dor., rel. anc., net . . 5 fr. »

Titre gravé avec un fleuron dessiné par Cochin et gravé par Fessard, et une vignette des mêmes en tête du premier chant.

1283. *Le même.* **La Henriade**, poème avec les notes et variantes, suivi de la poésie épique (Paris, Mame, 1808). In-8°, cart., n. rogné, net . . . . . . . . . . . . . . 10 fr. »

Exemplaire en très bon état avec la jolie suite des figures de Moreau.

1284. *Le même.* **La Henriade** avec les notes, variantes et les divers écrits, édition revue par M. Daunou (Paris, Baudoin, 1828). In-8°, d.-rel., veau, très propre, net. . . . . . . . . 4 fr. »

1285. *Le même.* **Chefs-d'œuvre dramatiques** (Paris, 1808). 4 tomes en 2 vol., in-18, d.-rel. chag., figures avant lettre, net. 5 fr. »

1286. *Le même.* **Œuvres complètes**, 1785. 92 vol. in-18, veau, très propre, net. 40 fr. »

1287. **Voyage** de Samuel Hearne du fort du prince de Galles dans la baie de Hudson à l'océan Nord, entrepris dans les années 1769, 1770, 1771 et 1772 et exécuté par terre pour la découverte d'un passage au nord-ouest (Paris, Patris, an VII, 1799). 2 vol. in-8°, d.-rel., pl. et cartes, net . . . . . . . . . . . . . . . . . . 10 fr. »

1288. ZOLA (Émile). **La Debâcle** (Paris, Charpentier, 1892). In-12, br., net. . 3 fr. 50

Édition originale.

1289. *Le même.* **La Faute de l'abbé Mouret**, illustrations de Bieler, Conconi et Gambard (Paris, 1890). In-12, rel. recouv. en parch., tête dor., n. rog., net. . . . . . . . . . 35 fr. »

Exemplaire numéroté sur papier du Japon.

1290. WEY (Francis). **La Haute-Savoie**, récits de voyage et d'histoire (Paris et Genève, 1886). In-fol., cart., dos fatigué, net. 25 fr. »

Illustré de 50 lithographies par Terry.

1291. WINKELMANN. **Histoire de l'art** chez les anciens, trad. de l'allemand avec des notes historiques et critiques de différents auteurs (Paris, Jansen, 1795-1803). 3 vol., in-4°, veau, net . . . . . . . . . . . . . . . . . 40 fr. »

Très rare. Portrait et nombreuses gravures; exemplaire de la bonne édition, en superbe état.

# SOLDES

HENRY HAVARD. **UN PEINTRE DE CHATS** (Madame HENRIETTE RONNER). 1 vol. in-4°, cartonnage artistique, 13 grandes planches tirées à part et 16 dessins dans le texte, au lieu de 15 fr., net . . . . . . . . . . . . . . . . . . . . . . 6 fr. 50

HENRY HAVARD. **L'ART DANS LA MAISON** (*Grammaire de l'Ameublement*). Édition revue, corrigée et illustrée de 260 gravures, par CORROYER, PRIGNOT, GOUTZWILLER, FAVIER, KAUFFMANN, LAURENT, TOUSSAINT, etc. 2 vol. in-8°, au lieu de 12 fr., net. 5 fr. 75

CHARLES HACKS. **LE GESTE.** 1 vol. in-8°, dessins typiques de LANOS, au lieu de 10 fr., net . . . . . . . . . . . . . . . . . . . . . . . . . . . . 1 fr. 75

CATULLE MENDÈS. **POUR LIRE AU COUVENT.** 1 beau vol. in-8°, avec 60 dessins de Lucien MÉTIVET, au lieu de 12 fr., net . . . . . . . . . . . . . . . 2 fr. 75

XANROF et BAC. **TOUT LE THÉÂTRE.** Interviews fantaisistes. Album in-4° oblong, tiré sur papier de luxe, au lieu de 4 fr., net . . . . . . . . . . . . . . . . 1 fr. 75

GRAZZINI. **CONTES.** Traduits de l'italien, par G. G***, avec deux gravures à l'eau-forte, en double état, de Henry BESNIER. 2 vol. in-18, sur papier du Japon, tiré à 150 exemplaires numérotés. Jolie édition de ces Contes amusants et gaillards, au lieu de 30 fr., net. 7 f. 50

*Le Directeur-Gérant :* A. VAILLANT

IMPRIMERIE E. FLAMMARION, 26, RUE RACINE, PARIS.

www.ingramcontent.com/pod-product-compliance
Lightning Source LLC
LaVergne TN
LVHW012144170726
843503LV00009B/3964